Ed McBain

Fahrstunde

Roman

Aus dem Amerikanischen von
Marie-Luise Bezzenberger

GOLDMANN

Die Originalausgabe erschien 2000 unter dem Titel
»Driving Lessons«
bei Carroll & Graf Publishers, Inc., New York.

Umwelthinweis:
Alle bedruckten Materialien dieses Taschenbuches
sind chlorfrei und umweltschonend.

Deutsche Erstveröffentlichung Juni 2002

Umschlaggestaltung: Design Team München
Umschlagfoto: Zefa/Special Gallery
Satz: deutsch-türkischer fotosatz, Berlin
Druck: Elsnerdruck, Berlin
Krimi: 5476
Redaktion: Inga Albers
JE · Herstellung: Max Widmaier
Printed in Germany
ISBN 3-442-05476-1
www.goldmann-verlag.de

1 3 5 7 9 10 8 6 4 2

Das Mädchen war blond und sah aus wie sechzehn, und der Mann war etwa zweiunddreißig und sah aus, als wäre er völlig benommen. Die Polizisten, die die Einsatzzentrale zum Unfallort gesandt hatte, waren dabei, das Mädchen zu befragen, und versuchten auch dem Mann, der im Wagen gesessen hatte, Fragen zu stellen. Sie erwarteten nicht viel von ihm, nicht in diesem Zustand.

Zuerst dachten sie, der Mann wäre betrunken, obwohl er keine Alkoholfahne hatte. Das Mädchen war stocknüchtern. Völlig aufgelöst, weil sie jemanden überfahren hatte, aber trotzdem stocknüchtern. Sie hatte am Steuer gesessen.

»Wie heißen Sie, Miss?«, fragte einer der Polizisten.

»Rebecca Patton. Ist ihr etwas passiert?«

»Dürfte ich bitte Ihren Führerschein sehen?«

»Ich habe keinen Führerschein, ich lerne gerade erst fahren. Ich habe bloß eine Genehmigung für Fahrschüler. Ist der Frau etwas passiert?«

»Dürfte ich die Erlaubnis sehen?«

Der Polizeibeamte hätte wissen sollen, dass in diesem Bundesstaat eine Fahrschüler-Genehmigung in vielen Abschnitten der Straßenverkehrsordnung als Fahrerlaubnis betrachtet wurde, doch er wusste es nicht. Alles, was er wusste, war, dass er hier eine schluchzende Sechzehnjährige vor sich hatte, die gerade eine Frau überfahren hatte, die vielleicht acht- oder neunundzwanzig war.

Sie standen neben dem Unfallwagen, einem blauen Ford Escort mit zusätzlichem Brems- und Gaspedal auf der Beifahrerseite und großen schwarz-gelben Schildern mit der Aufschrift »Fahrschule«. Der Aufprall hatte die Frau ungefähr anderthalb Meter durch die Luft geschleudert; sie war auf einem brennenden Laubhaufen gelandet, der dicht am Rinnstein auf dem Gehsteig lag. Einer der Unfallzeugen hatte die Frau von dem schwelenden Haufen heruntergezerrt und sofort die Polizei angerufen. Weitere Polizeibeamte suchten noch immer nach der Handtasche, die sie der Aussage des Zeugen nach bei sich getragen hatte. Doch die Frau war rot gekleidet, und in diesem Herbst lag das Laub auf dem Boden sehr hoch.

Die Beamten stapften durch die gefallenen roten Blätter und suchten nach der roten Tasche, in der Hoffnung, darin einen Führerschein, eine Visitenkarte oder eine Telefonrechnung mit Namen und Adresse zu finden – irgendetwas, das ihnen verriet, wer die Frau war. Anonym lag sie etwa sechs Meter entfernt im Rinnstein, wo gerade ein Wagen der Highway Patrol hinter dem blauen Ford hielt. Unter dem offenen roten Mantel blickte ein blauer Rock mit passendem Blazer, eine weiße Bluse und ein Seidenschal hervor. Die Augen waren geschlossen. Die Hände lagen neben dem Körper, mit den Handflächen nach oben, die Finger zuckten.

Die Polizisten zogen die Männer von der Highway Patrol zur Seite und berichteten, dass sie den Mann auf seine Reaktionsfähigkeit hin überprüft und er dabei vollkommen versagt hätte und unter Alkohol- oder Drogeneinfluss stand. Niemand konnte eine Fahne an ihm riechen, doch sie machten trotzdem einen Alkoholtest und konnten nicht die geringste Spur von Methylalkohol in seinem Körper feststellen; der Typ kam noch nicht einmal auf 0,10, als er ins Röhrchen blies. Einer der Cops von der Highway Patrol fragte ihn, wie er hieße, was die Polizisten auch schon getan hatten. Er wusste es immer noch nicht. Schüttelte den Kopf und kippte dabei fast um. Sie öffneten die Beifahrertür des Fords, damit er sich hinsetzen konnte.

»Er heißt Mr. Newell«, sagte das Mädchen. »Er ist mein Fahrlehrer. Ich weiß nicht, wie es passiert ist, sie ist einfach auf die Straße gelaufen. Oh mein Gott, ist ihr was passiert?«

»Wissen Sie, wie er mit Vornamen heißt?«

»Andrew. Kommt sie wieder in Ordnung?«

Ungefähr zu diesem Zeitpunkt traf der Krankenwagen ein. Es war fast halb vier. Rettungshelfer hoben die Frau auf eine Trage und schoben sie ins Wageninnere. Der Krankenwagen fuhr davon. Noch wusste niemand, wer die Frau war. Die Straße schien auf einmal sehr still zu sein. Ein kühler Wind trieb die verwelkten Blätter raschelnd den Rinnstein entlang.

»Ich glaube, Sie beide werden mitkommen müssen«, sagte einer der Polizisten zu dem jungen blonden Mädchen und dem Mann, der völlig benebelt zu sein schien.

Das Mädchen nickte.

»Würden Sie meinen Vater anrufen, bitte?«, fragte sie.

Das Telefon klingelte, als Katie am Nachmittag in ihre Wohnung zurückkehrte. Sie stellte die beiden Tüten mit den Lebensmitteln auf den Tisch gleich neben der Tür und ging rasch zum Küchentresen hinüber, wo sie sich auf einen der Hocker setzte und gleichzeitig den Telefonhörer von der Wand riss.

»Logan«, meldete sie sich

»Katie, hier ist Carl.«

»Ja, Carl?«

»Kannst du gleich herkommen? Der Lieutenant braucht dich, um eine Sechzehnjährige zu vernehmen.«

»Klar«, erwiderte sie. »Gib mir zehn Minuten.«

»Bis gleich«, sagte Carl und legte auf.

Katie seufzte und hängte den Hörer ein. Heute war eigentlich ihr freier Tag, doch sie war der einzige weibliche Detective der Abteilung, und jedes Mal, wenn ein junges Mädchen befragt werden musste, war das ihr Job. An diesem strahlenden Herbstnachmittag trug sie einen braun karierten Rock mit flachen Schuhen, transparente braune Strumpfhosen und einen passenden braunen Pullover. Der Rock war ein wenig kurz; sie würde sich umziehen müssen, ehe sie in die Stadt fuhr. Außerdem würde sie noch einmal Max anrufen müssen, um herauszufinden, ob es etwas Neues von ihrem geliebten abtrünnigen Ehemann gab. Das Schlimmste an einem Polizeirevier in einer Kleinstadt war der Mangel an Privatsphäre. River Close hatte nur fünfzigtausend Einwohner – na schön, im Juli und August waren es eher so um die fünfundfünfzigtausend, doch jetzt waren die Sommergäste alle verschwunden.

Sie ging zum Küchenfenster und öffnete es. Ein frischer Luftzug wehte herein und brachte den Geruch von Holzrauch mit. Von der Junior Highschool gegenüber drang der Lärm des Football-Trainings herüber. Heute war der 16. Oktober, ein klarer, kühler Tag in einem der prachtvollsten Herbste, an die Katie sich erinnern konnte. Verdorben natürlich. Der Herbst war für immer verdorben. Stephen hatte sie am 12.

September verlassen. Wie gewonnen, so zerronnen, dachte sie. Sie kannte ihn schließlich erst seit ihrem sechzehnten Lebensjahr.

Bisher hatte sie den Herbst eigentlich immer für ihre Jahreszeit gehalten. Manchmal dachte sie, dass sie sogar herbstlich *aussah*, mit dem rötlich-braunen Haar und den sommersprossigen Wangen in den Farben des Herbstes, und Augen, die so blau waren wie der Septemberhimmel. Als Kind hatte sie die Sommersprossen gehasst, doch mit dreiunddreißig fand sie, dass sie ihrem Gesicht Charakter verliehen. Außerdem sah sie dadurch ein bisschen irischer aus, als ob das bei einem Namen wie Katharine Byrne Logan noch notwendig wäre.

Auf einmal fragte sie sich, ob sie nach der Scheidung wohl wieder ihren Mädchennamen annehmen könnte. Sie war so sehr daran gewöhnt, Katie Logan zu sein, so sehr daran gewöhnt, Detective Logan zu sein, daran, einfach nur *Logan* zu sein, dass ...

Ruf Max an, befahl sie sich.

Sie warf einen Blick auf die Wanduhr. Zehn vor vier. Komm lieber in die Gänge.

Zuerst das Tiefkühlzeug, dachte sie und begann die Lebensmittel auszupacken.

Max Binder war Katie von einem Anwalt aus dem Büro der Oberstaatsanwältin empfohlen worden. Er war ein beleibter, väterlicher Mann mit weißem Haar und Pausbacken und schien ungewöhnlich gut dafür geeignet, verlassene Frauen zu trösten, die sich scheiden lassen wollten. In diese Kategorie gehörte sie wohl auch, nahm Katie an. Eine verlassene Frau. Verstoßen, einsam und verlassen. Wenn sie noch ein bisschen irischer gewesen wäre, hätte sie Klagegesänge angestimmt. Stattdessen wählte sie die Nummer der drei Bs und hoffte, dass Max nicht gerade einen Gerichtstermin hatte.

»Binder, Benson und Byrd«, meldete sich eine Frauenstimme.

»Elli, hier ist Katie Logan. Ist er da?«

»Sekunde.«

Einen Augenblick später war Max am Telefon.

»Hallo, Katie, was gibt's Neues?«, wollte er wissen.

Jedes Mal dieselbe Frage. Was es Neues gibt, ist, dass mein Mann mich verlassen hat und mit einer zweiundzwanzigjährigen Kellnerin zusammenlebt, das gibt's Neues.

»Haben Sie etwas von ihm gehört?«, erkundigte sie sich.

»Noch nicht.«

»Wieso braucht er so lange?«

»Er hat unser Gegenangebot erst vor einer Woche gekriegt. Sie sind ungeheuer fair zu ihm, Katie. Ich kann mir nicht vorstellen, dass er den Vorschlag ablehnt.«

»Dann rufen Sie Schiffman an und machen Sie ihm Feuer unter dem Hintern.«

»Schiffman muss diese Woche einen großen Fall vor Gericht vertreten.«

»Soll ich ihn selber anrufen?«

»Schiffman? Nein, nein. Nein, Katie.«

»Und Stephen? Meinen angeblichen Ehemann?«

»Nein. Auf gar keinen Fall.«

»Ich will eine Scheidung, Max.«

»Natürlich. Aber haben Sie noch ein bisschen Geduld, Katie. Bitte. Ich kümmere mich um alles. Bitte.«

»Okay, Max.«

»Okay, Katie? Bitte.«

»Sicher«, erwiderte sie. »Sagen Sie mir Bescheid, wenn Sie etwas hören.«

Sie legte auf und schaute wieder auf die Uhr.

»Also los«, sagte sie laut.

Rebecca Pattons dunkelbraune Augen glänzten vor Tränen. Hinter ihr umrahmten die hohen Fenster Bäume, deren Blätter rot, orangefarben, gelb und braun leuchteten. Sie saßen in dem Raum, den die Bezirkspolizei ›Vernehmungszimmer‹ nannte, wie in einem Großstadtrevier, obgleich die Cops von Raleigh Station sich normalerweise eigentlich nicht aufspielten. Katie hatte dem Mädchen noch nicht gesagt, dass der

Zustand der Frau, die sie angefahren hatte und die nun im Gardner General Hospital lag, kritisch war. Sie hatte ihr nicht mitgeteilt, dass die Frau bisher nicht in der Lage gewesen war, zu sprechen. Noch immer wusste niemand, wer sie war; das Krankenhaus hatte sie als ›weiblich, Name unbekannt‹ aufgenommen.

»Rebecca«, sagte Katie, »Ihr Vater ist gerade gekommen. Wenn Sie möchten, dass er dabei ist, wenn wir uns unterhalten …«

»Ja, bitte, das möchte ich«, bat Rebecca.

»Und wenn Ihre Mutter auch dabei sein möchte …«

»Meine Mutter ist in Kalifornien.«

Eine plötzliche Schärfe lag in ihrer Stimme, was Katie überraschte.

»Sie sind geschieden.«

»Ich verstehe.«

»Ich hoffe, niemand hat sie angerufen.«

»Ich weiß es nicht. Ich nehme an, die Beamten, die –«

Fast hätte sie gesagt: »die Sie festgenommen haben.«

»– den Unfall aufgenommen haben, haben angerufen, wen sie –«

»Ich habe ihnen ihren Namen gar nicht gesagt. Ich will nicht, dass sie etwas von dieser Geschichte erfährt.«

»Wenn das Ihr Wunsch ist.«

»Das ist mein Wunsch.«

»Dann hole ich jetzt Ihren Vater.«

Dr. Ralph Patton saß direkt vor dem Dienstzimmer auf einer Bank im Flur und erhob sich, sobald er Katie erblickte. Er war ein großer, hagerer Mann; gekleidet in Jeans, Jeanshemd, Mokassins und Wildlederweste sah er eher aus wie ein Cowboy als wie ein Arzt. Doch Mittwoch war sein freier Tag. Seine dunkelbraunen Augen hatten dieselbe Farbe wie die seiner Tochter. Sie huschten zu dem Dienstausweis, der an die Jackentasche von Katies grauem Kostüm geklemmt war, und füllten sich sofort mit Misstrauen.

»Wo ist Rebecca?«, wollte er wissen.

»Sie wartet auf uns«, antwortete Katie. »Es geht ihr gut; würden Sie bitte mit mir kommen?«

»Was macht sie auf dem Polizeirevier?«

»Ich dachte, man hätte Sie informiert ...«

»Ja, der Beamte, der angerufen hat, hat mir gesagt, Rebecca wäre an einem Verkehrsunfall beteiligt gewesen. Ich wiederhole, was macht sie hier?«

»Nun, es gibt ein paar Fragen, die wir ihr stellen müssen, Dr. Patton, das leuchtet Ihnen doch sicher ein. Über den Unfall.«

»Warum? Seit wann ist ein Unfall ein Verbrechen?«

»Wir haben sie keinerlei Verbrechens beschuldigt«, erwiderte Katie.

Was auch stimmte.

Doch eine junge Frau lag lebensgefährlich verletzt im Krankenhaus, angefahren von dem Wagen, den Rebecca Patton gesteuert hatte. Und der einzige Insasse des Wagens, der einen Führerschein besaß, hatte unter dem Einfluss von Drogen oder Alkohol gestanden, die Polizei wusste noch immer nicht, was es war. Wenn die Frau starb, konnte sich Andrew Newell wahrscheinlich darauf gefasst machen, wegen fahrlässiger Tötung oder sogar wegen Totschlags angeklagt zu werden, schätzte Katie. Doch wenn der Inhaber des Führerscheins vor dem Gesetz auch der Hauptschuldige war, so konnten sich doch *beide* strafbar gemacht haben, wenn die Fahrschülerin, die am Steuer gesessen hatte, *gewusst* hatte, dass ihr Lehrer nicht im Vollbesitz seiner körperlichen und geistigen Fähigkeiten war.

»Brauchen wir einen Anwalt?« Dr. Pattons braune Augen verengten sich erneut misstrauisch.

»Das liegt ganz bei Ihnen«, entgegnete Katie.

»Ja, ich möchte einen Anwalt.«

Technisch gesehen befand sich das Mädchen in Polizeigewahrsam.

Und gemäß der geltenden Richtlinien wurde sie als Jugendliche getrennt verhört und von allen anderen Kriminellen fern gehalten, die sich zu diesem Zeitpunkt im Revier aufhalten mochten. Es gab zurzeit keine anderen Kriminellen, es sei denn, man wollte Andrew Newell, der ein Stück weiter den Flur hinunter im Büro des Lieutenants saß, als Kriminellen betrachten, weil er jene unbekannte Substanz zu sich genommen hatte, die sich jetzt in seinem Körper befand, bevor er in den Ford gestiegen war.

Der Anwalt der Pattons war mittlerweile eingetroffen. Er sah aus, als sei er einem Charles-Dickens-Roman entstiegen, mit Backenbart, Tweed-Jackett, Fliege und Brille mit Goldrand. Außerdem trug er eine karierte Weste, hatte einen kleinen Schmerbauch und stellte sich als Alexander Wickett vor.

»Wie lange fahren Sie schon Auto?«, fragte Katie.

»Seit Anfang August«, antwortete Rebecca.

»Muss sie diese Fragen beantworten?«, wollte ihr Vater wissen.

Wickett räusperte sich und machte ein verblüfftes Gesicht.

»Nein, natürlich nicht«, sagte er. »Nicht, wenn sie nicht will. Sie haben doch gehört, wie Miss Logan ihr in meiner Gegenwart ihre Rechte vorgelesen hat.«

»Warum raten Sie ihr dann nicht zu schweigen?«

»Nun ja, *wollen* Sie denn schweigen, Miss Patton?«

»Hab ich die Frau schwer verletzt?«, fragte Rebecca.

»Ja, Sie haben sie verletzt«, erwiderte Katie. »Sehr schwer sogar.«

»Oh Gott.«

»Sie liegt im Gardner General, ihr Zustand ist kritisch.«

»Gott, du lieber Gott.«

»Willst du jetzt die Fragen beantworten oder nicht?«, drängte Dr. Patton.

»Ich möchte helfen.«

»Fragen beantworten wird nichts –«

»Egal wie, ich will helfen. Ich wollte sie nicht überfahren. Sie ist einfach auf die Straße gelaufen. Ich hätte überhaupt nichts machen können, ich hab nur was Rotes gesehen, und ... und ...«

»Becky, ich finde, du solltest –«

»Nein. Ich möchte helfen. Bitte.« Sie wandte sich an Katie. »Fragen Sie, was Sie wollen, Miss Logan.«

Katie nickte.

»Halten Sie sich für eine gute Autofahrerin, Rebecca?«

»Ja, ich wollte sogar nächste Woche die Prüfung machen.«

»Wie schnell sind Sie gefahren, als der Unfall passierte?«

»Fünfzig Stundenkilometer. Schneller darf man in dieser Gegend nicht fahren.«

»Sind Sie schon einmal dort gefahren?«

»Ja, oft. Wir fahren überall in der Stadt. Hauptstraßen, Nebenstraßen, überall. Mr. Newell ist ein sehr guter Lehrer; er setzt seine Schüler allen möglichen Bedingungen aus. Er sagt immer, ein guter Autofahrer zu sein, heißt, dass man in jeder Situation instinktiv weiß, wie man reagieren muss.«

»Sie sind also schon einmal auf dieser Straße gefahren?«

»Ja.«

»Wann haben Sie die Frau zum ersten Mal bemerkt?«

»Ich habe Ihnen doch gesagt, sie ist vom Gehsteig auf die Straße getreten, als ich gerade auf die Kreuzung zugefahren bin.«

»Haben Sie vor der Kreuzung die Geschwindigkeit verringert?«

»Nein. An der Querstraße stehen Stoppschilder, auf beiden Seiten von der Grove Avenue. Aber die Third ist eine Vorfahrtsstraße. Ich brauchte nicht langsamer zu fahren.«

»Hat Mr. Newell Ihnen gesagt, Sie sollten an dieser bestimmten Kreuzung vorsichtig sein?«

»Nein. Warum hätte er das tun sollen?«

»Hat *er* die Frau bemerkt, bevor Sie sie gesehen haben?«

»Ich glaube nicht.«

»Ich meine, hat er irgendetwas gesagt, um Sie zu warnen?«

»Nein. Sein System funktioniert so, dass er einen

als Schüler auffordert, ihm zu sagen, was man alles sieht. Er fragt: ›Was siehst du?‹, und man antwortet: ›Einen Milchlaster, der gerade in die Einfahrt fährt‹, oder ›Ein Mädchen auf einem Fahrrad‹, oder ›Eine rote Ampel‹, oder ›Ein Auto, das mich links überholt‹, so in der Art. Er sagt nie selbst was, bis man mal was *nicht* sieht. Dann fragt er wieder: ›Was siehst du *jetzt?*‹ Und das betont er dann so. So weiß er immer, was in unseren Köpfen vorgeht.«

»Als Sie auf die Kreuzung zukamen, hat er Sie da gefragt, was Sie sehen?«

»Nein. Eigentlich hat er sogar sehr wenig gesagt. Ich dachte, ich würde besonders gut fahren. Aber es war sowieso ein sehr ruhiger Nachmittag. Keine Videospiele.«

»Keine was?«

»Videospiele. So nennt er unerwartete Situationen. Wenn plötzlich alles auf einmal passiert, als ob man so ein virtuelles Auto in einem Computerspiel fährt. Sechs Nonnen auf Fahrrädern, ein Lastwagen, der ins Schleudern kommt und ein Betrunkener, der über die Straße torkelt. Videospiele.«

»Ist Ihnen irgendwann der Verdacht gekommen, dass Mr. Newell betrunken sein könnte? Oder dass er unter Drogeneinfluss stehen könnte?«

»Erst als er aus dem Auto gestiegen ist. Nach dem Unfall.«

»Was ist dann passiert?«

»Also, erst mal ist er beinahe hingefallen. Er hat sich am Auto festgehalten, und dann ist er auf den Polizisten zugegangen, aber er ist getaumelt und ... und gestolpert ..., ganz so, als ob er betrunken wäre, wissen Sie, aber ich wusste, dass er nicht betrunken sein konnte.«

»Woher wussten Sie das?«

»Na ja, er war nicht betrunken, als die Fahrstunde angefangen hat, und er hat beim Fahren nichts getrunken, wie hätte er also betrunken sein können?«

»Aber er konnte der Polizei nicht mal sagen, wie er heißt, oder doch?«

»Also, er konnte kaum sprechen. Nur so ... Sie wissen schon ..., er hat so gelallt, man konnte ihn kaum verstehen.«

»War das auch schon so, als Sie gefahren sind? Während der Fahrstunde?«

»Nein.«

»Während der Fahrstunde hat er also normal gesprochen?«

»Na ja, wie ich schon gesagt habe, er hat nicht viel gesagt. Ich glaube, ein- oder zweimal hat er mich gefragt, was ich sehe, und dann war er eigentlich die meiste Zeit still.«

»War das ungewöhnlich?«

»Na ja, eigentlich nicht. Er hat nie was gesagt, außer wenn ich was falsch gemacht habe. Dann hat er immer gefragt: ›Was siehst du?‹ Oder manchmal hat er mich zum Beispiel auch ein Stoppschild überfahren *lassen*, um mich auf die Probe zu stellen, und es mir dann hinterher gesagt.«

»Aber heute Nachmittag hat er nicht viel gesagt?«

»Nein.«

»Er hat einfach nur dagesessen?«

»Also, ja, schon.«

»Hat er Sie gefragt, was Sie sehen, bevor die Frau vom Gehsteig auf die Straße getreten ist?«

»Nein.«

»Hat er die Bremse auf seiner Seite des Wagens betätigt?«

»Nein.«

Andrew Newell kam erst um viertel vor neun Uhr abends wieder richtig zu sich.

Detective Carl Williams saß auf der Schreibtischkante im Büro des Lieutenants und sah zu, wie der Mann versuchte, die Spinnweben abzuschütteln, die seinen Kopf vernebelten. Wie er sich blinzelnd im Zimmer umschaute, Carl erblickte, wieder blinzelte. Sich zweifellos fragte, wo er war und wer dieser große schwarze Typ war, der da auf der Schreibtischkante hockte.

»Mr. Newell?«

»Mmmm.«

»Andrew Newell?«

»Mmmm.«

»Was haben Sie sich reingezogen, Mr. Newell?«

»Was?«

»Was haben Sie genommen, Sir, das Sie derart umgehauen hat?«

Newell blinzelte erneut.

Na los, sag's schon, dachte Carl.

»Wo bin ich?«, fragte Newell.

Na also.

»Raleigh Station, Polizeirevier von River Close«, antwortete Carl. »Was für eine verbotene Substanz haben Sie sich reingezogen, Mann?«

»Wer zum Teufel sind Sie?«

»Carl Williams, Detective, freut mich, Sie kennen zu lernen. Sagen sie mir, was für eine Droge Sie genommen haben, die Sie derart außer Gefecht gesetzt hat.«

»Ich hab keine Ahnung, wovon Sie reden.«

Ein attraktiver Mann saß da in dem schwarzen Ledersessel des Lieutenants; blondes, grau meliertes Haar, die hellen Augen blutunterlaufen von dem Zeug, das er sich verpasst hatte, was immer es auch gewesen war. War jetzt fast vollständig wieder da, sah sich um und begriff, dass er sich in irgendeiner Polizeibehörde befand, mit all den Trophäen des Lieutenants in den Regalen und den gerahmten Artikeln des *River Close Herald* an der Wand, von damals, als Raleigh Station vor drei Jahren den großen Drogenschmuggel-Fall geknackt hatte. Blinzelte schon wieder. Überlegte noch immer, was eigentlich los war. Sag's ihm, dachte Carl.

Er sagte es ihm.

»Soweit wir wissen, haben Sie Rebecca Patton heute Nachmittag Fahrunterricht gegeben, als sie eine Frau angefahren hat. Ihren Namen wissen wir noch nicht. Sie liegt im Gardner General, ihr Zustand ist kritisch. Der Wagen war mit zusätzlichen Bremspedalen auf der Beifahrerseite ausgerüstet. Sie waren der Verantwortliche im Auto, aber Sie haben nicht gebremst, weil Sie zu bekifft waren, um die Frau zu sehen, als sie auf die Straße getreten ist, oder um noch rechtzeitig zu bremsen und den Unfall zu verhindern. Ich muss Ihnen jetzt mit aller Deutlichkeit sagen, wenn das Mädchen nicht wusste, dass Sie unter Drogen standen und sich Ihnen als ihrem Lehrer anvertraut hat, wenn Sie also ihr Vertrauen missbraucht haben und dieser Unfall passiert ist, dann ist es sehr wahrscheinlich – und ich spreche hier nicht für die Staatsanwaltschaft –, dass Sie vor dem Gesetz als Schuldiger gelten. Es wäre also eine gute Idee, wenn Sie mir sagen würden, wann genau Sie die Drogen genommen haben, was immer es auch für welche waren, und warum Sie wissentlich unter Drogeneinfluss ein Fahrzeug –«

»Ich habe keine verfluchten Drogen genommen«, unterbrach Newell ihn. »Ich will sofort meinen gottverdammten Anwalt sprechen.«

Joseph Bisogno suchte im Dunkeln an der Grove Avenue nach der roten Handtasche, die er an der Frau gesehen hatte, ehe sie vom Auto angefahren wurde. Er leuchtete mit der Taschenlampe in das Laub, das auf dem Rasen und im Rinnstein lag. Die Polizei hatte die Suche vor einer halben Stunde aufgegeben, doch Joseph wusste, dass die Tasche wichtig für sie war, sonst hätten sie nicht jedes Blatt in der ganzen Gegend umgedreht, um sie zu finden.

Joseph war achtundsechzig Jahre alt. Er war ein pensionierter Stahlarbeiter, ein Überbleibsel aus jenen Zeiten, als River Close noch Walzwerke betrieben und die Luft verschmutzt hatte. Heute waren die Walzwerke verschwunden, und die Bürgermeisterin der Stadt war mit dem Slogan »Saubere Luft, saubere Straßen« zur Wahl angetreten. Sie war ungefähr so alt wie Joseph. Er bewunderte sie sehr, weil sie etwas aus ihrem Leben machte. Joseph stellte sich vor, dass er zu einer Schlüsselfigur in dem großen Fall werden könnte, an dem die Polizei da arbeitete, wenn er die Handtasche fand. Schlagzeilen in den Zeitungen. ›Stahlarbeiter im Ruhestand Schlüssel zu geheimnisvollem Unfall.‹ Fernsehinterviews. »Sagen Sie, Mr. Bisogno, haben Sie die Frau gesehen, *bevor* das Auto sie angefahren hat?« »Also, ich sag Ihnen was, es ging alles so schnell ...«

Doch es war gar nicht so schnell gegangen.

Er war draußen gewesen und hatte das Laub zusammengeharkt, als er die Frau aus der Kirche auf der anderen Straßenseite hatte kommen sehen. Unsere Liebe Frau der Leiden, die Kirche, die er selbst auch hin und wieder besuchte, wenn ihm besonders fromm und heilig zu Mute war, was selten vorkam. Er bewegte sich gern draußen, das kam ihm gesünder vor, als wenn er in seinem Schlafzimmer auf dem Laufband trainierte. Rasen mähen, Unkraut jäten, Laub harken so wie heute, solche Aktivitäten sorgten dafür, dass er sich nicht wie achtundsechzig fühlte, sondern wie siebenundvierzig. Das war sowieso das Alter, das er sich in Gedanken selbst zugestand. Stell dir vor, du bist vierzig, dann fühlst du dich auch wie vierzig, hatte seine Frau immer gesagt. Doch das war gewesen, bevor sie Krebs bekommen hatte.

Er hätte tausend Dollar darauf gewettet, dass Bürgermeisterin Rothstein sich auch vorstellte, sie sei siebenundvierzig. Attraktive Frau. Jüdin. Er mochte jüdische Frauen – war mal mit einem jüdischen Mädchen namens Hedda Gold ausgegangen, als er siebzehn gewesen war. Die hatte wirklich küssen können. Bürgermeisterin Rothstein hatte schwarzes Haar, so schwarz wie Tessies, bevor sie vor sieben Jahren gestorben war. Vielleicht würde ihn die Bürgermeisterin bitten, irgendein Komitee zu leiten, wenn er die Handtasche fand, sodass er etwas anderes mit seinem Leben anfangen könnte, als immer nur um Tessie zu trauern – arme, liebe Tessie.

Die Frau war die Kirchenstufen heruntergekommen, ihr offener roter Mantel hatte sich in der milden Herbstbrise gebläht. Eine rote Handtasche, die zum Mantel passte, blauer Rock, blaue Jacke und weiße Bluse darunter. Sie hatte den Kopf gesenkt, als gingen ihr ernste Gedanken durch den Kopf. Blätter waren überall um sie herum zu Boden gefallen. Münzen vom Himmel, hatte Tessie immer gesagt. Er überlegte, ob Bürgermeisterin Rothstein wohl an den Himmel glaubte; er selbst tat es ganz bestimmt nicht. Sein Nachbar hatte nebenan schon ein kleines Laubfeuer am Bordstein angezündet. Jetzt kam die Frau den Weg von der Kirche hinunter, wandte sich dort, wo der Weg auf den Gehsteig traf, nach links, dorthin, wo Joseph auf der anderen Straßenseite seine Blätter zusammenharkte.

Er dachte …

Einen Moment lang dachte er, das Auto würde langsamer fahren, weil der Fahrer die Frau gesehen hatte, die auf den Bordstein zukam. Ein blauer Ford, der langsam und vorsichtig in die Straße einfuhr. Doch dann sah er, dass es ein Fahrschüler war, große gelb-schwarze Plakette vorn an der Stoßstange, FAHRSCHULE, die Frau trat vom Bordstein herunter, ohne nach rechts und links zu schauen, den Kopf immer noch gesenkt, der Wagen beschleunigte, als habe der Fahrer sie doch nicht gesehen. Und dann, oh Gott, er hätte der Frau beinahe zugeschrien, hätte beinahe geschrien *Vorsicht*! Das Auto, die Frau, sie ... diesmal schrie er *wirklich*, schrie »Lady!«, so laut er konnte, doch es war zu spät. Der Wagen rammte sie mit einem schrecklichen dumpfen Knall, Metall prallte gegen Muskeln und Knochen, und die Frau wurde in die Luft emporgerissen, Arme wirbelten, Beine wirbelten; der Aufprall schleuderte sie auf das Laubfeuer, das sein Nachbar am Bordstein entzündet hatte. Das Kreischen der Bremsen, der Fahrer drückte auf die Hupe, zu spät, zu spät, alles zu spät.

Das Mädchen, das gefahren war, stieg nicht aus.

Der Mann neben ihr auch nicht.

Das Mädchen legte den Kopf aufs Lenkrad und schaute nicht zu Joseph herüber, als er die Frau von dem brennenden Laubhaufen zerrte und sie aufs Gras rollte. Joseph ging ins Haus, um die Polizei zu rufen. Als er wieder herauskam, hatte das Mädchen den Kopf immer noch auf dem Lenkrad. Der rote Mantel der Frau war angesengt, wo er mit den Flammen in Berührung gekommen war.

Jetzt erinnerte er sich wieder an alles.

Sah alles wieder vor sich. Die Frau, die in die Luft geschleudert wurde, Arme und Beine ausgebreitet, als versuche sie zu fliegen, die Arme, die sich in die Luft hoben …

Die Handtasche.

Ja.

Die flog ihr aus der Hand, höher und höher …

Plötzlich wusste er, wo die Tasche war.

Newells Anwalt traf erst kurz vor zehn Uhr abends im Revier Raleigh Station ein. Sein Name war Martin Leipman, ein eleganter junger Mann, mit dem Carl schon bei verschiedenen Anlässen zu tun gehabt hatte, meist wenn er vor Gericht ausgesagt hatte. Er trug einen dunklen Anzug mit grauen Nadelstreifen, ein weißes Hemd und eine rotbraune Krawatte, die aussah wie ein Streifen geronnenes Blut. Er hatte nichts dagegen einzuwenden, dass Carl seinem Mandanten seine Rechte vorlas – warum sollte er auch? –, und er hörte schweigend zu, als Carl sich versicherte, dass Newell alles verstanden hatte, was er ihm erklärt hatte, und dass er bereit war, die Fragen zu beantworten, die ihm gestellt werden würden. Da die ganze Angelegenheit plötzlich derart ernst geworden war, hatte Carl auch eine Polizei-Stenografin angefordert, die alles festhalten sollte, was Newell über den Unfall zu sagen hatte.

»Ihnen ist klar, dass wir das hier jederzeit abbrechen können, wenn Sie es sagen, nicht wahr?«, fragte Leipman.

»Ja, das ist mir klar«, erwiderte Newell.

»Nur, dass Sie Bescheid wissen. Fragen Sie, Detective.«

»Erinnern Sie sich an irgendetwas von dem, was heute Nachmittag an der Kreuzung Grove Avenue und Third Street vorgefallen ist?«, fragte Carl.

»Nein«, antwortete Newell.

»Sie erinnern sich nicht daran, dass der Wagen die Frau angefahren hat?«

»Nein, ich erinnere mich nicht.«

»Sie erinnern sich nicht daran, dass die Polizisten, die den Unfall aufgenommen haben, Sie nach Ihrem Namen gefragt haben?«

»Nein.«

»Können Sie sich daran erinnern, irgendwelche Drogen genommen zu haben, die Sie in diesen Zustand versetzt haben?«

»Nein.«

»Erzählen Sie mir, woran Sie sich erinnern.«

»Ab wann?«

»Ab dem Moment, als Sie in den Wagen gestiegen sind.«

»Das war nach der Schule. Ich unterrichte Kunsterziehung an der Buckley High, und nach dem Unterricht gebe ich Fahrstunden, zweimal die Woche. Rebecca Patton ist eine meiner Schülerinnen. Sie hatte heute eine Stunde, um zehn vor drei. Ich weiß immer erst, wer Unterricht hat, wenn ich den Plan gesehen habe, der im Fahrschulbüro aushängt. Nach meiner letzten Stunde gehe ich dorthin, schaue auf den Plan und gehe dann raus zum Fahrschulwagen. Um Viertel vor drei habe ich in dem Ford gewartet, hinter dem Busparkplatz. Sie wusste, wo sie hinmusste. Sie hat schon während der Sommerferien angefangen, Fahrstunden bei mir zu nehmen, genauer gesagt Anfang August …«

… genauer gesagt kennt er Rebecca schon seit dem vergangenen Schuljahr, als sie und ihr Vater von Washington, D. C. nach River Close gezogen sind. Kunsterziehung gilt in Buckley High als Fach für Weicheier, als kreatives Fach, wenn man politisch korrekt sein will, doch Rebecca nimmt es ernster als viele der anderen Schüler; sie geht von sich aus in die öffentliche Bibliothek, um Bücher über die alten Meister auszuleihen und ihre Werke nachzuzeichnen …

»Sie wäre bestimmt auch ins Museum gegangen, wenn es in River Close eins gäbe, aber so etwas haben wir hier natürlich nicht …«

… also muss die Bibliothek genügen. Sie bringt jede

Woche ihre Zeichnungen mit – der Unterricht findet nur einmal pro Woche statt – und stellt gezielte Fragen über Komposition und Perspektive, über Farbgebung und Gestaltung, vor allem jedoch über Spannung. Sie gibt seine eigene Theorie wieder, dass alle Kunstwerke auf der Spannung aufbauen, die der Künstler innerhalb der durch die Leinwand vorgegebenen Grenzen erzeugt, dass das Gemälde in alle Richtungen an dem Rahmen zerrt und so jene Erregung hervorruft, die der Betrachter angesichts eines genialen Werks verspürt.

»Im August habe ich sie dann ein wenig besser kennen gelernt«, sagte Newell. »Als wir mit den Fahrstunden angefangen haben. Sie hat mir erzählt, dass sie etwas Kreatives mit ihrem Leben anfangen wollte. Sie wusste noch nicht genau, was, ob Musik oder Kunst, oder ob sie vielleicht sogar schreiben wollte, aber *irgendetwas*. Sie war gerade erst sechzehn geworden, aber sie wusste schon ganz genau, dass sie ihr Leben nicht hinter einem Bankschalter oder in einer Telefonzentrale verbringen wollte, dass sie etwas tun musste, wozu man Fantasie braucht. Sie hat gesagt, dass ich daran schuld wäre. Mein Kurs. Das, was ich in meinem Kurs unterrichtet habe.«

»Wie haben Sie sich dabei gefühlt, Mr. Newell?«, wollte Carl wissen.

»Ich war geschmeichelt. Und ich hatte das Gefühl … na ja, dass ich meinen Job gut gemacht hätte. Ich hatte einen jungen Geist dazu inspiriert, kreativ zu denken. Das ist mir sehr wichtig. Wenn ich Kunsterziehung unterrichte, frage ich meine Schüler immer: ›Was seht ihr?‹ Ich will, dass sie sich jedes Bild genau ansehen und mir in allen Einzelheiten schildern, was sie sehen. So stelle ich eine Verbindung zwischen meinen Schülern und dem Künstler her, indem ich sie auffordere, wirklich zu *sehen*, was der Künstler gesehen hat, als er das Werk geschaffen hat. Ich versuche, ihren Horizont zu erweitern. Ich lehre sie, etwas zu wagen. Ich bringe ihnen bei …«

»Kommen wir noch mal auf heute Nachmittag zurück, okay?«, meinte Carl.

»Wir haben uns bereits ausführlich mit dem heutigen Nachmittag befasst«, sagte Leipman. »Es sei denn, Sie haben noch etwas Neues hinzuzufügen.«

»Ich weiß immer noch nicht, was Ihr Mandant genommen hat.«

»Ich habe Ihnen doch gesagt …«

»Er hat Ihnen doch gesagt …«

»Wieso war er dann in diesem Zustand?«

Es klopfte diskret an der Tür.

»Herein«, knurrte Carl.

Johnny Bicks, der dritte Mann der Spätschicht, steckte den Kopf zur Tür herein. »Kann ich dich mal kurz sprechen?«, fragte er.

»Sicher«, erwiderte Carl und trat mit ihm auf den Flur hinaus.

»Da ist gerade so ein Kerl aufgetaucht und hat eine Handtasche gebracht, die dem Opfer gehören soll«, berichtete Johnny.

»Wo ist er?«

»Unten, beim Sergeant. Ich hab Katie schon Bescheid gesagt.«

»Danke.« Carl öffnete die Tür zum Büro des Lieutenants, beugte sich ins Zimmer und sagte: »Entschuldigen Sie mich einen Moment, ich bin gleich wieder da.« Dann schloss er die Tür wieder und machte sich auf den Weg zur Treppe.

Der Mann, der mit Katie vor dem Schreibtisch des Dienst habenden Sergeants stand, erzählte ihr, dass er die Tasche in einem der Bäume gefunden habe, die auf Frank Pollacks Rasen standen, dem Rasen seines Nachbarn. War so in einer von diesen Astgabeln hängen geblieben, wissen Sie? Schwer zu erkennen, weil sie rot war und die Blätter drum herum auch rot waren. Außerdem hatten die Polizisten auf dem *Boden* gesucht, wissen Sie? Keiner hatte daran gedacht, oben in den Bäumen nachzuschauen.

Katie fragte den Sergeant, ob er ein paar Handschuhe hätte, und dieser griff unter seinen Schreibtisch und reichte ihr ein paar ziemlich schmutzige weiße Baumwollhandschuhe, die wohl schon zwei- oder dreimal dazu benutzt worden waren, Beweismaterial entgegenzunehmen. Als sie die Handschuhe überstreifte, ging ihr auf, dass Mr. Bisogno die Tasche bereits angefasst hatte, doch sie sah keinen Anlass, das Ganze noch schlimmer zu machen.

»Woher wissen Sie, dass die dem Opfer gehört?«, erkundigte sich Carl.

»Ich hab gesehen, dass sie sie bei sich getragen hat«, antwortete Bisogno. »Ich bin derjenige, der den Polizisten gesagt hat, dass sie 'ne rote Handtasche bei sich hatte.«

Katie griff in die Tasche und suchte nach dem Portemonnaie der Frau.

»Sie haben den Unfall mit angesehen?«, fragte Carl.

»Ja, das hab ich.«

Katie öffnete das Portemonnaie.

Das Telefon auf dem Schreibtisch des Sergeants klingelte.

»Raleigh Station, Sergeant Peters.«

Katie zog den Führerschein der Frau aus dem Portemonnaie.

»Augenblick«, sagte Peters. »Katie, für Sie. Jemand vom Gardner General.«

Sie nahm den Hörer.

»Detective Logan«, meldete sie sich.

»Hier ist Dr. Hagstrom, Notaufnahme Gardner«, ließ sich eine Männerstimme vernehmen.

»Ja, Dr. Hagstrom?«

»Diese unbekannte Patientin, die wir heute Nachmittag um drei Uhr fünfzig aufgenommen haben ...«

»Ja?«

»Sie ist tot«, sagte Hagstrom.

»Vielen Dank.« Katie gab Peters den Hörer zurück. »Wir haben eine Leiche«, sagte sie zu Carl.

Carl nickte.

Katie warf einen Blick auf den Führerschein, den sie in der Hand hielt.

Der Name, der darauf stand, lautete Mary Beth Newell.

Die Oberstaatsanwältin, die gegen zwanzig vor elf im Polizeirevier Raleigh Station eintraf, war in einen blauen Hosenanzug gekleidet, trug keine Bluse unter der Jacke und ein grünes Seidentuch um den Hals, das zu den fast unsichtbaren Nadelstreifen des Anzugs passte. Außerdem trug Alyce Hart blaue Schuhe mit kleinen Absätzen, keine Ohrringe und kein Make-up außer Lippenstift. Ihr braunes Haar war zu einem keilförmigen Bob geschnitten, was ihrem eckigen Gesicht etwas Schnittiges gab, als sei sie ein Schoner, der hoch am Wind durchs Wasser pflügte. Katie konnte sie in jeder Hinsicht gut leiden, mit Ausnahme der Schreibweise, die sie sich für ihren Vornamen ausgesucht hatte. Carl mochte sie, weil er fand, dass sie wie ein Mann dachte, was Alyce möglicherweise als zweifelhaftes Kompliment aufgefasst hätte. Die drei hatten schon früher zusammengearbeitet; dies war eine Kleinstadt.

»Der Alkoholtest war negativ, stimmt's?«, erkundigte sie sich.

»Stimmt«, bestätigte Carl.

»Was hat er sich dann reingeschmissen?«

»Keine Ahnung.«

»Was immer es auch war, jetzt ist er jedenfalls hellwach«, meinte Katie.

»Können wir eine Blutprobe nehmen?«, wollte Carl wissen.

»Im Rahmen seiner Rechte als Verdächtiger, meinen Sie?«, fragte Alyce.

»Ja.«

»Nur mit seinem Einverständnis. Ich würde nichts lieber tun, als herausfinden, was für ein Zeug dem durch die Adern fließt, und ihn gleich auch noch für uns pinkeln lassen. Aber dafür brauchen wir einen Gerichtsbeschluss, und den kriegen wir erst, wenn offiziell Anklage erhoben worden ist. Wenn wir hier in New York, Chicago oder auf irgendeinem anderen heißen Pflaster wären, würden wir uns einen Richter suchen und noch heute Nacht Anklage erheben. Aber versuchen Sie mal, in River Close um diese Zeit einen Richter aufzuwecken. Wir können von Glück sagen, wenn die Anklage morgen bis zwei oder drei Uhr nachmittags durchgeht.«

»Was zu spät sein könnte«, sagte Katie.

»Kommt darauf an, was für'n Scheiß er sich reingezogen hat«, bemerkte Carl.

»Wenn wir nicht nachweisen können, dass er *irgendetwas* genommen hat, haben wir nichts in der Hand«, gab Alyce zu bedenken.

»Wir haben Zeugen, die den Unfall gesehen haben«, meinte Carl.

»Auch das Mädchen ist eine Zeugin«, fügte Katie hinzu.

»Sicher, aber Newells Anwalt könnte …«

»Auf jeden Fall«, fiel Carl ein.

»Klar, er könnte behaupten …«

»Darauf können Sie wetten«, sagte Alyce. »Er wird behaupten, der Unfall sei schuld am Zustand seines Patienten. Schock, oder was weiß ich. Konnte nicht laufen, konnte nicht reden, wusste nicht mal mehr seinen eigenen Namen. Egal, klagen wir ihn trotzdem an und behalten ihn in Gewahrsam. Vielleicht kriegen wir einen Frühtermin für die Anhörung. Wenn nicht, beten wir eben darum, dass es irgendeine Droge mit einer langen Halbwertszeit war. Einigen wir uns auf fahrlässige Tötung?«

»Ich wünschte, wir könnten auf Totschlag klagen«, knurrte Carl. »Der Kerl schmeißt Pillen ein und setzt sich dann zu einer *Fahrschülerin* ins Auto? Der riskiert doch nicht nur ihr Leben, er gefährdet auch jeden anderen auf der Straße.«

»Geben wir den Geschworenen eine Auswahl«, schlug Alyce vor. »Versuchen wir es mit Totschlag und einigen wir uns dann auf fahrlässige Tötung. Wie hört sich das an?«

»Ich finde, gut«, antwortete Katie.

»Ich auch«, stimmte Carl zu.

»Sehen wir zu, dass wir ein bisschen Schlaf kriegen«, sagte Alyce.

Bitte lass das Flittchen nicht rangehen, dachte Katie.

Sie saß am Küchentresen und nippte an einem Scotch mit Soda. Die Uhr an der Wand zeigte drei Minuten vor Mitternacht. Das Telefon am anderen Ende der Leitung klingelte und klingelte. Drei, vier, nicht das Flittchen, betete sie.

»Hallo?«

Das Flittchen.

»Ich möchte bitte Stephen sprechen«, sagte sie.

»Wer ist denn da?«

»Mrs. Logan«, antwortete sie.

»Seine Mutter?«

Klar doch, seine Mutter, dachte Katie.

Die zufälligerweise tot ist.

»Seine *Frau.*« Sie betonte das Wort heftig.

»Oh.«

Lange Pause.

»Moment bitte, okay?«

Klang wie ein Teenager. Zweiundzwanzig, dachte Katie. Der Minutenzeiger der Wanduhr zuckte vor. Elf Uhr achtundfünfzig. Wie doch die Zeit vergeht, wenn …

»Hallo?«

»Stephen?«

»Ja?«

»Hier ist Katie.«

»Ja, Katie. Weißt du, wie spät es ist?«

»Ich habe heute mit meinem Anwalt gesprochen …«

»Katie, wir sollen das nicht tun.«

»Was nicht tun?«

»Miteinander reden. Die Anwälte sollen das alles erledigen.«

»Oh je, verstoße ich etwa gegen das Gesetz?«, fragte sie.

»Du weißt genau, dass du nicht gegen das Gesetz verstößt. Aber …«

»Dann lass mich bitte ausreden. Wir haben dir letzte Woche ein Gegenangebot geschickt, und wir haben noch nichts von dir gehört. Ich will das hinter mich bringen, Stephen. Ich dachte, dir ginge es genauso. Stattdessen …«

»Tut es auch.«

»Das kann ich mir vorstellen. Du bist derjenige, der abgehauen ist, Stephen.«

»Katie, ich glaube wirklich, wir sollten das lieber den Anwälten überlassen, das glaube ich wirklich.«

»Ich glaube wirklich, du solltest mir lieber erklären, wieso du so lange brauchst, um dir ein Schriftstück durchzulesen, das eine Seite lang ist, das glaube *ich* wirklich.«

»Katie ...«, begann er.

Und hielt inne.

Sie wartete.

»Lass mir ein bisschen Zeit, okay?«, bat er leise. »Bitte.«

Und auf einmal war sie völlig verwirrt.

Als sie im Bett lag, kamen die Erinnerungen, die ganze Nacht lang. Denn, wissen Sie, ehrlich gesagt, sie hatte nicht die leiseste Ahnung gehabt. Gute Polizistin, Klassenerste an der Polizeiakademie, schon nach einem Jahr im Dienst zum Detective befördert, nachdem sie in einen Überfall hineingeraten war und zwei Kerle festgenommen hatte, die doppelt so groß waren wie sie und wegen bewaffneten Raubüberfalls gesucht wurden, in Indiana, also ziemlich weit weg, aber wen interessierte das schon? Intelligent. Detective. Und keine Ahnung, dass Stephen fremdging.

Na ja, wenn man zehn Jahre mit ein und demselben Mann verheiratet war, wer wäre da schon auf so was gekommen? So ein schönes Paar, hatten alle gesagt. Eine Jugendliebe, hatten alle gesagt. Sie hatte auf ihn gewartet, als er in der Army gewesen war, hatte auf ihn gewartet, als er erneut einberufen und wieder in irgendein weit entferntes Land geschickt wurde. Irgendwas gab es wohl immer zu verteidigen, die Ehre oder Öl oder irgendeinen anderen Quatsch. Aber oh, wie toll er an ihrem Hochzeitstag ausgesehen hatte, Captain Stephen Gregory Logan in seiner Paradeuniform, Miss Katharine Kyle Byrne ganz in Weiß, wenn auch ganz sicher nicht jungfräulich. Na ja, eine High-School-Liebe eben. Sie hatte ihn mit sechzehn kennen gelernt.

Wer wäre schon auf so was gekommen? Nicht die leiseste Ahnung.

Natürlich war da das Problem mit ihrer Arbeitszeit.

Das Los eines Polizisten ist kein glückliches, hatte einmal jemand geschrieben, und er hatte Recht gehabt. Am schlimmsten war der Nachtdienst. Man sollte meinen, in einer kleinen Stadt wie River Close passierten nicht viele Verbrechen, aber heutzutage gab es überall in Amerika Drogen, und Drogen wurden Tag und Nacht verkauft, sodass die Polizei rund um die Uhr im Einsatz sein musste, und man brauchte Polizisten, die diese Schichten übernahmen, nach dem Rotationsprinzip, alle drei Monate. Jedes Mal, wenn sie für den Dienst eingeteilt war, der offiziell als »Morgenschicht« bezeichnet wurde, machte sie sich um Viertel nach elf auf den Weg zur Arbeit, damit sie um Viertel vor zwölf auf dem Revier war, und kam nicht vor Viertel nach acht nach Hause, wenn Stephen bereits das Haus verlassen hatte. Während dieser drei Monate sah sie ihn vielleicht fünf, sechs Stunden am Tag. Das war nicht besonders gut für ihre Ehe, das war ihr jetzt auch klar, aber wer hätte denn damals an so was gedacht? Sie sind doch so verliebt, hatten alle gesagt.

Letzten Monat kommt sie also nach einem langen, harten Spätdienst nach Hause, von vier Uhr bis Mitternacht, kommt ungefähr morgens um Viertel vor eins nach Hause, und er sitzt im Pyjama auf der Couch im Wohnzimmer, das Licht ausgeschaltet, einen Drink in der Hand, und sagt ihr, dass er geht.

Du gehst?, fragt sie.

Sie versteht erst nicht, was er meint. Also, schon der Gedanke ist ja auch völlig unvorstellbar. Beruflich muss er nicht reisen, er ist in all den Jahren ihrer Ehe nie irgendwo *hingeschickt* worden, also was soll das heißen, er geht? Er ist Vizepräsident der Bank. Es war sogar *seine* Bank, die die beiden Gangster aus Indiana hatten ausrauben wollen, als sie den Alarm aufgefangen hatte, damals, als sie fünfundzwanzig war und mit Carl Williams Streife gefahren war. Sie hatte Stephen immer damit aufgezogen, dass er nur zum Vizepäsidenten befördert worden sei, weil sie damals den Überfall verhindert hätte. Also was meint er damit, er geht?

Weg, sagt er. Weg von dir. Ich verlasse dich.

Jetzt komm schon, sagt sie, ich hatte einen schweren Tag.

Irischer Sinn für Humor, wie?

Falsch.

Er verließ sie.

Die Polizei hatte den Wagen beschlagnahmt, den die Schule für den Fahrunterricht benutzte. Techniker der Spurensicherung hatten den Ford auf Hinweise dafür untersucht, dass Newell – als Fahrlehrer und Verantwortlicher – das Auto ›gefahren‹ und dabei gegen § 11.92, Abschnitt IV der Straßenverkehrsordnung verstoßen hatte, der besagte: »Personen, deren Fähigkeit, am Straßenverkehr teilzunehmen, durch den Genuss von Alkohol, Drogen oder Medikamenten eingeschränkt ist, dürfen kein Kraftfahrzeug führen.« Die Drogen, auf die hier Bezug genommen wurde, waren im Sozialgesetzbuch, Sektion Öffentliches Gesundheitswesen, aufgelistet und stellten eine wahre Pharmakologie sämtlicher Opiate, Opiumderivate, Halluzinogene und Aufputschmittel dar, die der Menschheit bekannt waren.

Am Donnerstagmorgen, einen Tag nach dem tödlichen Unfall, fuhren sie in einem der Zivilfahrzeuge, die Raleigh Station den Detectives zur Verfügung stellte, zur Kirche Unserer Lieben Frau der Leiden hinüber. Carl fuhr, Katie saß auf dem Beifahrersitz.

»Rate mal, was Annie gestern schon wieder gekocht hat«, sagte Carl.

»Spargel«, antwortete Katie.

»Spargel«, bestätigte Carl. »Wir sind seit sechs Jahren verheiratet, sie weiß, dass ich Spargel nicht ausstehen kann, aber sie bringt immer wieder Spargel auf den Tisch. Ich hab sie gefragt: ›Wieso machst du immer wieder Spargel, wenn du weißt, dass ich das Zeug nicht mag?‹ Erst sagt sie: ›Spargel ist gut für dich.‹ Ich sage ihr also, dass es mir egal ist, ob es gut für mich ist, das Zeug schmeckt mir einfach nicht. Darauf sagt sie: ›Du wirst dich schon damit anfreunden.‹ Also sage ich ihr, dass ich siebenunddreißig bin, dass ich Spargel seit siebenunddreißig Jahren hasse und dass mir das Zeug nie schmecken wird. Weißt du, was sie als Nächstes gesagt hat?«

»Was denn?«, fragte Katie.

»Sie hat gesagt: ›Und überhaupt, du *magst* Spargel doch.‹ Kannst du dir das vorstellen? Ich sage ihr, ich kann Spargel nicht ausstehen, und sie sagt mir, dass ich ihn mag. Ich sage ihr also noch einmal ›ich *hasse* Spargel, bitte koch keinen Spargel mehr, ich kann das

Zeug nicht ausstehen!‹ Da sagt sie: ›Wenn du Präsident der Vereinigten Staaten bist, brauchst du keinen Spargel mehr zu essen, bis dahin ist er gut für dich.‹«

»Das war Broccoli«, meinte Katie.

»Das hab ich ihr auch gesagt.«

»Da ist die Kirche«, sagte Katie.

Morgendliches Sonnenlicht durchflutete hell den Kirchhof, als sie ihn durch eine Holztür betraten, die vom Kirchengebäude abging. Katie hatte erwartet, Pater McDowell auf den Knien im Gebet versunken vorzufinden. Bei der Morgenandacht, nannte man das nicht so? Der gute Pater saß tatsächlich auf den Knien – doch er war lediglich dabei, Blumen zu schneiden. Katie schätzte ihn auf Anfang siebzig; seine kräftige Gesichtsfarbe ließ sie vermuten, dass er sich hin und wieder gern einmal einen Schluck Opferwein gönnte. Er begrüßte sie freundlich und erzählte sofort, dass er die Astern selbst gepflanzt habe, die er jetzt für den Altar schnitt. Er hätte den Garten so angelegt, dass er den ganzen Frühling, Sommer und Herbst über blühte. Die Astern, die er vorsichtig in einen Weidenkorb legte, waren gelb, weiß, violett und braun. Sie erinnerten Katie an Stephen, verdammt sollte er sein! Entschuldigung, Pater, dachte sie im Stillen.

»Wir sind hier, um uns nach einer Frau namens

Mary Beth Newell zu erkundigen«, sagte sie. »Wir haben Grund zu der Annahme, dass sie gestern hier in der Kirche war. Erinnern Sie sich an sie?«

»Ja, natürlich«, erwiderte McDowell.

Er schnitt einen weiteren Blumenstiel durch, legte Stiel und Blüte vorsichtig zu den anderen in den Korb.

Ein Footballspiel. Stephen, der Katie eine orangefarbene Aster mitbrachte, die sie an ihren weißen Cheerleader-Pullover steckte. Der große Buchstabe B vorn auf dem Pullover. Für Buckley High.

»Stimmt es, dass ihr Mann verhaftet worden ist, weil er sie getötet haben soll?«, erkundigte sich McDowell.

»Er ist wegen Totschlags festgenommen worden, ja, Pater.«

»Aber warum? Ich dachte, so ein junges Mädchen wäre gefahren.«

»Das stimmt. Aber er war derjenige, der einen Führerschein hatte und offiziell das Fahrzeug geführt hat.«

»Es scheint trotzdem ...«

»Das Mädchen wusste nicht, dass er nicht Herr seiner Sinne war. Die Oberstaatsanwältin ist der Ansicht, dass die Schuld bei ihm liegt. War Mrs. Newell gestern hier?«

»Ja, sie war hier.«

»Können Sie uns sagen, wann sie gekommen ist?«

»So um Viertel, zwanzig nach zwei herum.«

»Und wann ist sie wieder gegangen?«

»Ungefähr eine Stunde später.«

Sie mussten noch in Erfahrung bringen, ob der Priester den Unfall mit angesehen hatte. Zurzeit versuchten sie gerade eine Liste vertrauenswürdiger Zeugen zusammenzustellen, je mehr, desto besser. Doch McDowells Antwort ließ Katie jäh umschwenken. Ihre nächste Frage hätte lauten sollen: »Haben Sie gesehen, wie Mrs. Newell die Kirche verließ?« Stattdessen hakte sie nach: »Mrs. Newell hat eine ganze *Stunde* bei Ihnen verbracht?«

»Nun ja, beinahe, ja.«

Katie fragte sich plötzlich, warum.

»Pater«, setzte sie wieder an, »wir wissen, dass Mrs. Newell zur Gemeinde von St. Matthew gehörte, etwa zehn Straßenblocks von hier.«

»Das stimmt.«

»Besucht sie dort den Gottesdienst?«

»Ich habe keine Ahnung.«

»Nun, kommt sie hier zum Gottesdienst?«

»Nein, das tut sie nicht.«

»Was hat sie dann hier gemacht, Pater?«

»Sie kam zu mir, um geistlichen Beistand zu erbitten.«

»Wollen Sie damit sagen, dass sie gestern nicht zum ersten Mal –«

»Ich kann Ihnen nicht mehr sagen, es tut mir Leid.«

Katie kannte sich mit Schweigepflicht und Beichtgeheimnis aus, schönen Dank auch. Doch sie war irischer Abstammung. Und sie witterte etwas, irgendetwas lag in der Luft.

»Pater«, ließ sie nicht locker, »niemand will, dass Sie irgendetwas preisgeben, das …«

McDowell war ebenfalls irischer Abstammung.

»Es tut mir Leid«, wiederholte er und schnitt eine weitere Blume ab, als enthaupte er jemanden, der vom Teufel besessen war. Katie nahm an, dass er ihnen damit zu verstehen geben wollte, dass die Unterhaltung zu Ende war. Tja, Pater, dumm gelaufen.

»Pater«, sagte sie, »wir wollen nicht wissen, *worüber* Sie mit ihr geredet haben …« Von wegen, dachte sie. »…aber wenn Sie uns sagen könnten, wann sie das erste Mal zu Ihnen gekommen ist?«

»Sind Sie deshalb hier?«, fragte McDowell. »Um im Privatleben einer Toten herumzuschnüffeln?« Abfällig wackelte er mit dem Kopf und erhob sich von den Knien, wobei er um ein Haar das Gleichgewicht verloren hätte. Doch er fing sich sofort wieder, den kostbaren Korb mit den Blumen über den Arm gehängt. Im Stehen schien er mindestens einsachtzig groß zu sein. »Sie ist gegen Viertel nach zwei hier eingetroffen«, wiederholte er, »und ungefähr eine Stunde später wieder gegangen. Hilft Ihnen das weiter?«

»Natürlich, aber wann war sie *zum ersten Mal* hier?«, wollte Carl wissen.

Bis jetzt hatte er geschwiegen und Katie das Reden überlassen. Manchmal jedoch war ein bisschen Druck recht hilfreich. Wenn man es nicht gerade mit einer höheren Autorität zu tun hatte. Wie zum Beispiel mit Gott.

»Es tut mir Leid, das kann ich Ihnen nicht sagen«, erwiderte McDowell.

Also gingen sie zu zweit auf ihn los.

»War sie jedes Mal eine ganze Stunde lang hier, wenn sie Sie besucht hat?«, wollte Katie wissen.

»Wie oft war sie insgesamt hier?«, fragte Carl.

McDowell schüttelte ungläubig den Kopf. Mittlerweile schritt er rasch auf die Tür zur Kirche zu, den Blumenkorb am Arm; seine schwarze Soutane flatterte und enthüllte seine schwarzen Hosenbeine und seine auf Hochglanz polierten schwarzen Schuhe. Sie hielten Schritt, einer an jeder Seite.

»Sie war doch nicht etwa hier, um über ihren *Mann* zu reden, oder?«, erkundigte sich Carl.

»Über irgendein Problem ihres Mannes?«, bohrte Katie.

»Wie zum Beispiel ein *Drogenproblem*?«, fragte Carl.

McDowell blieb wie angewurzelt stehen. Er richtete sich zu seiner vollen Größe auf und sagte würdevoll: »Die einzigen Probleme, über die Mary Beth mit mir gesprochen hat, waren ihre eigenen. Guten Tag, Detectives.«

Damit ging er in seine Kirche.

Jetzt wussten sie also, dass Mary Beth Newell Probleme gehabt hatte.

Kurz vor Mittag rief Alyce Hart auf dem Revier an, um zu sagen, dass Newell noch immer nicht offiziell angeklagt worden sei, und wenn sie noch weitere Fragen an ihn hätten, sollten sie die lieber jetzt stellen. »Die Ironie unseres Rechtssystems«, meinte sie, »liegt darin, dass wir den Beschuldigten alles fragen dürfen, was wir wollen, *bevor* offiziell Anklage gegen ihn erhoben worden ist, dass wir aber danach die Zustimmung seines Rechtsbeistands einholen müssen, wenn wir mit ihm reden wollen.«

Katie war sich nicht ganz sicher, was genau ›Ironie‹ bedeutete, außerdem fiel ihr nichts ein, was sie hätte fragen wollen, außer, was für eine Droge Newell genommen hatte, und wann er sie genommen hatte.

Um Viertel nach eins klingelte das Telefon auf ihrem Schreibtisch. Sie nahm den Hörer ab, meldete sich und hörte zu, wie ein Mitglied des Teams von der Spurensicherung ihr berichtete, dass am Lenkrad keine Spuren gefunden worden waren, die eindeutig bewiesen, dass Rebecca Patton den Wagen gelenkt hatte, als Mary Beth Newell angefahren wurde. Die Fingerabdrücke auf dem Lenkrad überlagerten einander und waren hoffnungslos verschmiert, weil zu viele verdammte Fahrschüler dasselbe Auto zum Üben benutzten. Die Spurensicherung hatte außerdem Finger- und Handabdrücke auf der rechten Seite des Armaturenbretts gefunden, die vermutlich von den verschiedenen Fahrlehrern stammten, die den Wagen benutzten und sich schützend oder bremsend abgestützt hatten, wenn ein Schüler mal zu langsam reagiert hatte. Doch auch diese Abdrücke waren verschmiert und überlagerten einander und trugen nicht dazu bei zu beweisen, dass Andrew Newell zum Zeitpunkt des Unfalls effektiv bewusstlos gewesen war.

Katie hörte weiter zu.

Was er als Nächstes sagte, kam ihr rätselhaft vor.

Zuerst dachte sie, er hätte behauptet, sie hätten *Kokain* in dem Wagen gefunden. Jedenfalls *glaubte* sie, dass er das gesagt hatte. »Wir haben auch einen Becher gefunden, mit einem Rest *Koks* drin.« Was auch beinahe das war, was er gesagt hatte, aber eben nur *beinahe.*

Einen Augenblick später fand sie heraus, dass er tatsächlich gesagt hatte: »Wir haben auch einen Becher gefunden, mit einem Rest *Coke* drin.« Coke mit C. Coca *Cola*, das war es, was er sagte. In der rechten Halterung in der Mittelkonsole des Fords hatten sie einen Becher mit dem rot-weißen Coca-Cola-Logo gefunden, Größe ›Medium‹; den Inhalt des Bechers hatten sie sofort getestet.

Katie hielt den Atem an.

»Nichts als Coca Cola«, berichtete der Techniker. »Aber der Typ, der auf dem Beifahrersitz gesessen hat, könnte damit das Zeug runtergespült haben, das er sich reingepfiffen hat. Wär immerhin möglich, Kate.«

Aber …

Er hat beim Fahren nichts getrunken, wie hätte er also betrunken sein können?

Tja, wie?, grübelte Katie

Katie erreichte die Schule um zwanzig nach zwei. Sie begab sich auf kürzestem Wege ins Büro der Schulleitung, zeigte einer etwa zwanzigjährigen Brünetten ihren Dienstausweis und ihre Polizeimarke und bat um eine Kopie von Rebecca Pattons Stundenplan. Das Mädchen zögerte.

»Stimmt was nicht?«, fragte Katie.

»Nein, alles okay«, erwiderte die junge Sekretärin und ging zum Aktenschrank hinüber.

Katie wartete, während sie den Stundenplan fotokopierte. Er verriet ihr, dass Rebecca bis Schulschluss einen Französischkurs hatte.

»Wo ist das Fahrschulbüro?«, erkundigte sie sich.

»Was wollen Sie denn *da*?«, fragte das Mädchen.

Katie sah sie an.

»Den Flur runter«, sagte die junge Brünette. »Die zweite Tür links. Sie wollen Mr. Newell ins Gefängnis stecken, nicht wahr?«

»Ja«, antwortete Katie und verließ das Büro.

Was sie im Fahrschulbüro wollte, war, ein Gefühl dafür zu bekommen. Hierher kam Andrew Newell jeden Tag nach dem Unterricht, um einen Blick auf den Plan zu werfen, der ihm sagte, welcher Schüler an diesem Tag mit ihm fahren würde. Hierher war er gestern gekommen, ehe er in das Auto gestiegen war, das seine Frau überfahren hatte. Hier war die Wand. Hier war der Plan. Hier waren die Namen der Lehrer und die der Schüler. War dies der Raum, in dem er die Drogen eingenommen hatte – was für Drogen es verdammt noch mal auch gewesen sein mochten –, die ihn nur Minuten später völlig außer Gefecht gesetzt hatten?

»Sie sind von der Polizei, nicht wahr?«, fragte eine Männerstimme.

Katie, die vor dem Plan an der Wand stand, drehte sich um.

»Ich hab Sie gestern im Fernsehen gesehen.« Er saß mit weit ausgestreckten Beinen in einem Sessel, eine aufgeschlagene Zeitung auf dem Schoß. »Gleich nachdem sie Anklage gegen Andy erhoben haben«, sagte er. »In den Elf-Uhr-Nachrichten. Die roten Haare«, fügte er erklärend hinzu.

Katie nickte. »Ed Harris«, sagte er. »Nicht verwandt und nicht verschwägert.«

Sie musste ihn wohl verwirrt angesehen haben.

»Mit dem Filmstar«, erklärte er. »Ed Harris. Außerdem hat der ’ne Glatze.«

Dieser Ed Harris hatte keine Glatze, sondern dichtes schwarzes Haar, das an den Schläfen grau wurde, und braune Augen hinter einer Brille mit braunem Gestell. Er erhob sich und streckte ihr die Hand hin. Katie schätzte ihn auf knapp einsachtzig. Vierzig, zweiundvierzig oder so. Lang und hager, wie Abraham Lincoln. Genauso langgliedrig. Sie ergriff seine Hand.

»Werden Sie Andy für den Rest seines Lebens hinter Gitter bringen?«

»Kaum«, erwiderte sie und hätte fast verwundert den Kopf geschüttelt. Der ganze Fall basierte auf der Annahme, dass Newell, als er in den Fahrschulwagen stieg, gewusst hatte, dass er unter dem Einfluss einer Droge stand, die ihn unfähig machen würde, seine Aufgabe als Fahrlehrer zu erfüllen. Dies wäre eine kriminelle Handlung, die den Tod einer dritten Person herbeigeführt hatte. Doch auf Totschlag stand lediglich eine Freiheitsstrafe von höchstens sieben Jahren. »Wenn er für schuldig befunden wird«, setzte sie an, »kann er für maximal …«

»Ich hoffe sehr, dass das nicht der Fall sein wird.«

»Nun, *falls* er verurteilt wird, beträgt die Höchststrafe sieben Jahre. Nach zwei Jahren und vier Monaten könnte er wieder draußen sein.«

»Kinderspiel, wie?«

Katie schwieg.

»Zwei Tage und vier *Stunden* würden ihn fertig machen«, sagte Harris.

Wer's im Knast nicht aushält, sollte keine Verbrechen begehen, dachte sie bei sich. Sie sagte immer noch nichts.

»Nur wegen so eines lausigen Unfalls, oder?«, knurrte Harris. »Unfälle kommen nun mal vor.«

»Besonders wenn jemand betrunken oder auf Drogen ist.«

»Andy trinkt keinen Alkohol.«

»Haben Sie ihn schon mal erlebt, wenn er auf Drogen war?«

»Andy? Ich bitte Sie! Wenn Sie ihn kennen würden, wüssten Sie, wie lächerlich sich das anhört.«

»Ich nehme an, Sie sind gute Freunde.«

»*Sehr* gute Freunde.«

»Kennen Sie auch Rebecca?«

»Klar, sie ist in meinem Algebra-Kurs.«

»Ist sie eine gute Schülerin?«

»Eine der Besten. Höllisch intelligent und wissbegierig. Und nach dem, was Andy mir erzählt hat, auch eine gute Autofahrerin.«

»Nicht gut genug. Deshalb gibt es ja noch eine Bremse auf der Beifahrerseite.«

»Ich will Ihnen mal was sagen«, begann Harris und warf sofort einen Blick auf die Uhr an der Wand. Sie hatte seinen Namen auf dem Plan gesehen; er hatte um zehn vor drei eine Fahrstunde mit einem Schüler namens Alberico Jiminez. Jetzt zeigte die Uhr fünf nach halb drei. In fünf Minuten war Rebeccas Französischkurs zu Ende. Katie wollte sie nicht verpassen.

»Andy und ich geben beide Fahrunterricht«, fuhr Harris fort. »Zwei Stunden, zweimal die Woche. Ich montags und donnerstags, Andy mittwochs und freitags. Das gilt als Schulzeit, verstehen Sie, nicht als Freizeit. Wir versuchen, den Schülern beizubringen, sich am Steuer verantwortungsbewusst zu verhalten, Miss Logan, und wir verbringen eine Menge Zeit damit, ihnen klarzumachen, inwieweit Drogenmissbrauch die Wahrnehmung und die Reaktionsfähigkeit beeinträchtigt. Das sind Teenager, verstehen Sie? Ein paar von ihnen trinken, andere kiffen. Das ist allgemein bekannt. Rebecca hätte es sofort gemerkt, wenn Andy breit gewesen wäre. Sie kennt die Anzeichen für Drogenkonsum, wir haben das hundertmal durchgekaut.«

»Wir haben Zeugen, die gesehen haben, wie er getorkelt ist, wie er –«

»Dann irren sich Ihre Zeugen eben.«

»Meine Zeugen sind Polizeibeamte.«

Harris warf ihr einen Blick zu.

»Klar«, gab Katie zurück. »Wir sind nur darauf aus, allen Leuten was anzuhängen.«

»Das hat niemand behauptet. Aber Sie wissen doch, Miss Logan ...«

»Newell hätte auf die Bremse treten müssen. Er hatte die Verantwortung.«

»Nein. Wenn jemand verantwortlich war, dann Mary Beth. Sie ist diejenige, die nicht darauf geachtet hat, wo sie hingeht. Sie ist diejenige, die einfach auf die Straße und vor den Wagen gelaufen ist.«

»Woher wollen Sie wissen, was Sie getan hat?«

»Ich lese Zeitung, ich sehe fern. Es gab noch andere Zeugen als Ihre Polizeibeamten.«

»Und sie war eine Freundin von Ihnen ...«

»Das war sie.«

»Haben Sie eine Ahnung, worüber sie sich Sorgen gemacht hat?«

»Wer sagt denn, dass sie sich Sorgen gemacht hat?«

»Ihnen ist nicht aufgefallen, dass etwas nicht gestimmt hat?«

»Nein. Nicht gestimmt? Nein.«

Eine Klingel schrillte durchdringend und aufdringlich und erinnerte sie daran, dass dies hier eine Schule war und dass sie eigentlich hier war, um mit einer Schülerin zu sprechen.

Als sie sich zum Gehen wandte, sagte Harris: »Sie

machen einen Fehler, Miss Logan. Wenn niemand auf die Bremse getreten ist, dann war einfach nicht mehr genug Zeit, um zu bremsen.«

»War nett, mit Ihnen zu reden, Mr. Harris.«

»Ed«, erwiderte er. »Tun Sie ihm nichts.«

Um Viertel vor drei kam Rebecca die Stufen vor dem Schulgebäude herunter, ihre Bücher fest an ihren hellblauen Pullover gepresst. Jungen und Mädchen strömten an ihr vorbei die Treppe hinunter und eilten zum Parkplatz, wo die gelben Busse mit laufendem Motor warteten. Lebhafte Gespräche und ein warmer Gleichklang von Gelächter schwebten durch die warme Oktoberluft.

»Hey, hallo«, sagte sie überrascht.

»Hallo, Rebecca. Soll ich Sie nach Hause fahren?«

»Also … ja, gern«, antwortete sie.

Katie schritt neben ihr her. Schweigend gingen sie die gewundene Auffahrt hinunter zum Parkplatz. Blätter fielen überall um sie herum zu Boden, wirbelten im Wind und raschelten unter ihren Füßen. Katie griff in ihre Schultertasche. Ihre Autoschlüssel lagen neben dem Walnussholzgriff einer Detective Special, Kaliber 38. Sie fischte sie heraus und schloss die Beifahrertür ihres Wagens auf.

»Manchmal denke ich, ich werd nie wieder in ein Auto steigen«, sagte Rebecca.

»Es war nicht Ihre Schuld«, entgegnete Katie.

»Seine auch nicht.«

»Sagen Sie mir eins. Als Sie mir erzählt haben –«

»Ich möchte nichts sagen, was Mr. Newell schadet.«

»Jemand ist durch seine Fahrlässigkeit ums Leben gekommen«, stellte Katie unverblümt fest.

»Sie wissen doch gar nicht, ob er Drogen genommen hat. Vielleicht hatte er einen Schlaganfall oder so was. Oder einen Herzinfarkt. Es müssen doch nicht immer Drogen sein. Sie wissen es doch nicht genau.«

»Das versuchen wir ja herauszufinden.«

»Es muss *schrecklich* für ihn sein, seine eigene *Frau!*«

»Es ist egal, wer es war, er –«

»*Ich* bin gefahren! Warum sollte Mr. Newell ...?«

»Sie befanden sich in seiner Obhut.«

»Ich bin *gefahren!*«

»Und er war *breit bis zur Halskrause*«, sagte Katie scharf. »Seine Verantwortung –«

»Bitte nicht, bitte.«

»Rebecca, hören Sie mir zu!«

»Was?« Ihre Stimme zitterte. Gleich fängt sie wieder an zu heulen, dachte Katie.

»Wussten Sie, dass er unter Drogeneinfluss stand?«, fragte sie.

»Nein.«

»Dann haben Sie sich nicht strafbar gemacht, verstehen Sie das? Und es wäre ein furchtbarer Fehler, ihn zu decken. Ich möchte, dass Sie mir eine Frage beantworten.«

»Ich kann nicht, bitte, ich –«

»Doch, Sie können, verdammt noch mal!«

Ihre Stimme zerschmetterte die herbstliche Stille. Blätter fielen zu Boden wie bunte Glasscherben. In der Ferne war das Brummen der gelben Schulbusse zu vernehmen, die den Parkplatz verließen.

»Sie haben mir erzählt, Andrew Newell hätte nichts getrunken, während Sie gefahren sind«, sagte Katie. »Haben Sie das immer noch so in Erinnerung?«

Schweigen.

»Rebecca?«

Das Mädchen drückte die Schulbücher an die Brust, den Kopf gesenkt; blondes Haar fiel ihr von beiden Seiten ins Gesicht. Das Motorengeräusch der Busse verklang. Blätter fielen zu Boden, drehten sich, schwebten. Seite an Seite standen sie schweigend in einer Buntglas-Kathedrale aus fallenden Blättern. Grauer Holzrauch trieb von irgendwoher, von überallher durch die Luft. Plötzlich erinnerte Katie sich an jeden Herbst, den es je gegeben hatte.

»Wir haben uns eine Cola geholt«, sagte Rebecca.

»Das war gleich nachdem die Fahrstunde angefangen hat«, berichtete Katie Carl. Sie saßen nebeneinander

an Holzschreibtischen im Revier. Der Großteil des Mobiliars hier stammte noch aus den frühen Vierzigerjahren, als River Close erstmals ein Kripo-Dezernat eingerichtet hatte. Bis zu diesem Zeitpunkt hatte der Polizeichef jedes Mal Detectives aus der Kreisstadt Twin River Junction anfordern müssen, wenn hier ein schwereres Verbrechen verübt worden war.
»Sagen wir mal, fünf nach drei; Rebecca hat nicht auf die Uhr geschaut. Newell hat gesagt, er hätte Durst und hat sie zu dem Drive-in Ecke Olive und High gelotst. Sie haben eine Cola für ihn bestellt, am Drive-in-Fenster, und waren gleich wieder unterwegs. Newell hat die Cola getrunken, während sie gefahren sind.«

»Hat Rebecca gesehen, wie er irgendwelche Pillen eingeschmissen hat?«

»Nein.«

»Also ist alles, was wir haben, die Vermutung des Beamten von der Spurensicherung.«

»Und dass Newell ungefähr fünfzehn Minuten später am Unfallort völlig von der Rolle war.«

Sie verstummten beide.

Um vier Uhr nachmittags war endlich offiziell Anklage gegen Newell erhoben worden und sie hatten ihren Gerichtsbeschluss für die Blut- und Urinuntersuchung bekommen. Jetzt warteten sie auf die Ergebnisse. Inzwischen hatten sie die Aussagen sämtlicher

Zeugen zu Protokoll genommen, doch das war alles, was sie in der Hand hatten.

Es war Viertel nach fünf, und die Abenddämmerung senkte sich rasch herab.

Als Katie und Carl um halb sieben gerade dabei waren, ihre Sachen zusammenzupacken, klingelte das Telefon. Es war Alyce Hart; sie rief an, um ihnen zu sagen, dass in Newells Blut Secobarbitalsodium nachgewiesen worden sei.

»Der Markenname ist Seconal«, sagte sie. »Wird heutzutage nicht mehr sehr oft als Beruhigungsmittel verschrieben. Im Labor haben sie mir gesagt, fünfzig Milligramm wirken beruhigend. Um die Wirkung zu erzielen, die sich bei Newell gezeigt hat, hätte er mindestens dreimal so viel nehmen müssen.«

»Also hundertfünfzig Milligramm.«

»Genau. Diese Dosis wirkt bei einem Mann mit seinem Körpergewicht wie ein Schlafmittel. Die volle Wirkung tritt normalerweise fünfzehn bis dreißig Minuten nach oraler oder rektaler Anwendung ein.«

»Glauben Sie, jemand hat ihm das Zeug in den Hintern geschoben?«

»Eher unwahrscheinlich. Der Effekt hat große Ähnlichkeit mit einem Alkoholrausch: Artikulationsstörungen, beeinträchtigte Koordination, getrübtes Sensorium.«

»Was ist denn das?«

»Sensorium? Bewusstsein oder geistige Wachheit. Ich musste auch erst fragen.«

Das war auch etwas, was Katie an Alyce gefiel.

»Wie lange hält die Wirkung an?«, wollte sie wissen.

»Drei bis acht Stunden.«

»Passt genau auf Newell, oder?«

»Oh, und wie!«

»Glauben Sie, er hat das Zeug schon länger genommen?«

»Und wenn schon. Jetzt haben wir etwas in der Hand, Katie.«

»Außerdem wissen wir, womit er die Pillen runtergespült hat.«

»Ach?«

Katie erzählte ihr von Newells Zwischenstopp kurz vor dem Unfall, um sich eine Cola zu holen. Sie erwähnte auch, dass sie in der Kirche gewesen und herausgefunden hatte, dass Mary Beth Newell sich mit ihren Problemen an den dortigen Priester gewandt und geistigen Beistand gesucht hatte.

»Probleme? Was für Probleme?«

»Das wollte er nicht sagen. Aber Unsere Liebe Frau der Leiden ist gar nicht ihre Kirchengemeinde.

»Zu welcher Gemeinde gehörte sie denn?«

»St. Matthew.«

»Wie weit ist das weg?«

»Zehn Straßenblocks.«

»Hmm«, machte Alyce und schwieg einen Augenblick. »Was denken Sie, Katie?«

»Na ja ... wenn Newell *wusste*, dass seine Frau Probleme hatte, könnten seine Anwälte behaupten, ihre geistige Verfassung sei so labil gewesen, dass sie den Unfall selbst verursacht hat.«

»Stimmt, weiter.«

»Indem sie nicht aufgepasst hat, wo sie hinläuft. Oder indem sie sogar absichtlich vor das Auto gelaufen ist.«

»Das wäre eine mögliche Verteidigung, ja«, meinte Alyce.

»Also habe ich mir gedacht, wir sollten vielleicht erst versuchen, herauszufinden, *was* ihr so zu schaffen gemacht hat. Ehe die Verteidigung es tut. Ich wollte morgen früh vielleicht einfach mal bei ihrer Schwester vorbeischauen.«

»Okay, aber erwarten Sie nicht zu viel. Es kann gut sein, dass dabei überhaupt nichts herausspringt. Jeder hat Probleme, Katie. Sie etwa nicht?«

»Ich?«, fragte Katie. »Überhaupt keine.«

Eins der Dinge, die sie immer getan hatte, als sie und Stephen noch richtig Mann und Frau gewesen waren, war, ihm Fragen zu stellen. »Stephen, was genau bedeutet eigentlich Ironie?« Und natürlich würde er es ihr erklären. Er hatte ihr Dinge erklärt, seit sie sechzehn gewesen war. Was immer sie auch wissen wollte, sie brauchte nur Stephen zu fragen, und er sagte es ihr. Was sie *jetzt* tun wollte, war deshalb, das Telefon nehmen und ihn anrufen. »Hallo Stephen, ich hoffe ich störe dich und dein Flittchen nicht beim ... wie spät ist es überhaupt? Oh Mann, ist es *wirklich* schon ein Uhr morgens? Ich hoffe, ich belästige euch nicht. Aber irgendjemand hat in meiner Gegenwart das Wort ›Ironie‹ gebraucht, und mir ist aufgefallen, dass ich, obwohl ich das Wort oft benutze, oder sogar den verwandten Begriff ›ironisch‹, mir eigentlich nie ganz sicher gewesen bin, was diese beiden Worte genau bedeuten. Wenn es also nicht allzu viele Umstände macht, Stephen, dann ...«

Doch nein.

Sie und Stephen waren nicht länger richtig Mann und Frau, verstehen Sie, sie und Stephen lebten getrennt, das war die Ironie daran, das war so verdammt ironisch an der Situation. Also kroch sie im Pyjama aus dem Bett und tappte in das kleine Zimmer, das Stephen als Arbeitszimmer benutzt hatte, als er noch hier gewohnt hatte. Sie ging zu dem Bücherregal hinter dem Schreibtisch, der einmal seiner gewesen war, fand das Lexikon und blätterte darin, bis sie zuerst ›irisieren‹ fand, dann ›Irokese‹, und schließlich, Treffer, da war es, ›ironisch‹. Und wie lautete die Definition? Die Definition nach Mr. Webster lautete: ›Das Gegenteil von dem bedeutend, was zum Ausdruck gebracht wird.‹

Häh?, dachte sie.

Was hat das denn …?

Sie fuhr mit dem Finger die Seite hinauf und fand den Begriff ›Ironie‹, und die erste Erläuterung dieses Wortes schien genau das wiederzugeben, was sie eben über ›ironisch‹ gelernt hatte. Wenn das so ist, grübelte sie, was ist dann so verdammt *ironisch* daran, dass wir Newell keine Fragen mehr stellen können, nachdem offiziell Anklage gegen ihn erhoben worden ist? Aber Moment mal, Kinder, nicht so schnell, hier war ja noch die *zweite* Definition. Katie nippte an ihrem Scotch. »Ironie«, las sie laut. »Ein Ergebnis, das dem Gegenteil von dem entspricht, was zu erwarten oder als angemessen zu betrachten ist.«

Wenn man also einen Mann verhören kann, weil man *hofft*, ihn wegen eines Verbrechens anklagen zu können, ihn dann jedoch nicht länger befragen kann, nachdem er dieses Verbrechens angeklagt wurde, dann war das ja wohl ganz sicher ironisch.

Stimmt, das ist Ironie, dachte sie.

Wie findest du das, Stephen?

Wie findest du das, Liebling?

Ein feiner Freitagmorgen-Nebel löste sich in der Sonne auf, als Katie ihren Wagen durch den kleinen Ort

River Bend lenkte und dann wieder aufs Land hinausfuhr, wo sich schmale Wasserläufe durch laubbedeckte Lichtungen wanden. Sie rollte über eine überdachte Brücke, das Innere ihres Wagens wurde dunkel, Sekunden später flutete grelles Sonnenlicht über die Windschutzscheibe. Hoffentlich bekam sie keine Migräne, plötzliche Lichtveränderungen lösten bei ihr häufig Kopfschmerzen aus. Stephen hätte ihr zwei Aspirin geholt und ihr geraten, sich sofort hinzulegen. Bitte keine Migräne, dachte sie. Nicht jetzt. Denn es gibt keinen Stephen mehr, der mich trösten kann.

Die Kleinstädte, Dörfer, Orte und Marktflecken und die gelegentlich auftauchenden Städte in diesem Teil des Staates litten unter einer wässrigen Eintönigkeit der Namensgebung, was an dem natürlichen Überangebot an Flüssen und Seen lag. Mary Beth Newells Schwester war Kindergärtnerin in Scott Falls, benannt nach den Stromschnellen, die sich aus dem südlichsten Ende des Lake Paskonomee ergossen, ungefähr zweiunddreißig Kilometer nordöstlich von River Close und in Rufweite von Twin River Junction, der Kreisstadt. Wäre Andrew Newell wegen Mordes angeklagt worden, so hätte sein Anwalt wahrscheinlich beantragt, die Verhandlung an einen anderen Ort zu verlegen, und Alyce hätte den Prozess in Twin River J führen müssen, wie die Stadt bei den Einheimischen hieß. Selbst nachdem seinem Mandanten ein weniger schwerwiegendes Vergehen zur Last gelegt wurde, könnte Leipman immer noch verlangen, dass der Fall nicht in River Close verhandelt wurde. So oder so, Alyce würde aus allen Rohren feuern.

Katie fand Helen Pierce auf einem eingezäunten Spielplatz hinter der Grundschule. Sie hatte erst einmal mit ihr telefoniert, an dem Abend, als sie erfahren hatten, dass Mary Beth Newell tot war. Katie hatte nur die Fotos von der Toten gesehen und konnte sich keine wirkliche Meinung darüber bilden, ob die Schwestern sich ähnlich sahen oder nicht. Die Frau, die gerade eine johlende Bande mit Federschmuck und Kriegsbemalung herausgeputzter Fünfjähriger bei etwas anführte, das wie ein Kriegstanz aussah, war ungefähr Ende dreißig, mit weichem braunen Haar und dunkelbraunen Augen. Sie trug kein Make-up, nicht einmal Lippenstift, und war in einen einfachen blauen Kittel gekleidet. Dazu trug sie Turnschuhe ohne Socken. Außerdem hatte sie eine riesige Federhaube auf dem Kopf. Nachdem sie ihren Schützlingen eine Pause verordnet hatte, erklärte sie Katie, dass dies ein authentischer ritueller Regentanz der Lakota-Sioux sei und dass sie und die Kinder versuchten, etwas gegen die Dürre zu tun, unter der die Region schon seit siebenundzwanzig Tagen litt.

»So bleibt zwar das Laub auf den Bäumen«, meinte sie, »aber die Reservoirs sind schon halb leer.« Sie schickte ihre federgeschmückten Tänzer zu einem langen Tisch hinüber, auf dem Milchtüten und Teller mit Keksen bereitgestellt worden waren. Dann lotste sie Katie zu einer nahe gelegenen Bank, wo sie nebeneinander im durchbrochenen Schatten saßen, während sie die Kinder ständig im Auge behielt.

»Hat Ihre Schwester je erwähnt, dass sie einen Priester in der Kirche Unsere Liebe Frau der Leiden aufgesucht hat?«, fragte Katie.

»Nein«, antwortete Helen sofort und wandte sich überrascht zu ihr um. »Wieso sollte sie dort hingehen? Ihre Kirche ist doch St. Matthew.«

»Der Priester hat angedeutet, dass sie irgendetwas auf dem Herzen gehabt hätte. Hat sie Ihnen vielleicht davon erzählt?«

»Nein. Aber warum ist das denn wichtig?«

Katie erklärte, welche Taktik die Verteidigung möglicherweise anwenden könnte. Helen hörte aufmerksam zu, schüttelte den Kopf und seufzte ab und zu. Endlich sagte sie: »Das ist absurd, meine Schwester hat nichts derart belastet. Nichts, was sie mir erzählt hat, jedenfalls. Na ja … aber, nein.«

»Was?«

»Sie und Andy haben versucht, ein Baby zu kriegen. Aber es hat nicht geklappt.«

»Könnte sie darunter so sehr gelitten haben, dass sie …?«

»Also, Andys *Einstellung* könnte ihr zu schaffen gemacht haben. Aber ich glaube nicht, dass sie damit zu einem Priester gegangen wäre.«

»Was für eine Einstellung?«

»Er wollte kein ›verdammtes Baby‹, wie er sich ausgedrückt hat. Er hat ihre Versuche nur mitgemacht, weil sie gedroht hat, ihn zu verlassen, wenn er nicht mitzieht. Aber sie haben Tag und Nacht deswegen gestritten, auch wenn andere Leute dabei waren. Er hat immer gesagt, wenn sie ein verdammtes Baby hätten, könnten sie nie wieder nach Europa zurückgehen, so wie er wollte. Er hat in Europa Kunst studiert, wissen Sie, und sein großer Traum war, dorthin zurückzukehren. Dafür hat er gespart, und ein Kind zu kriegen, hätte das alles ruiniert. Manchmal hatte ich das Gefühl, sie konnte wegen Andys negativer Einstellung nicht schwanger werden. Ich weiß, das ist blöd, aber das habe ich nun mal gedacht.«

»Aber sie hat nie etwas davon gesagt, dass sie zu Pater McDowell gegangen ist?«

»Nein.«

»Nie darüber geredet, was ihr solche Probleme bereitet hat?«

»Nie.« Helen schwieg einen Moment lang, dann sagte sie plötzlich, als sei ihr die Idee eben erst gekommen: »Haben Sie mal nach einem Tagebuch gesucht?«

»Nein, hat sie …?«

»Warum schauen Sie nicht mal, ob Sie ein Tagebuch oder so was finden«, fragte Helen. »Sie hat immer Tagebuch geführt, als wir Kinder waren. So eins mit einem kleinen Schloss dran, das hat sie in der obersten Schublade ihrer Kommode aufbewahrt, unter den Socken. Ich würde sonst was darauf wetten, dass sie immer noch Tagebuch schreibt, Sie sollten sich wirklich mal umsehen.« Und dann fiel ihr mit einem Mal auf, dass sie in der Gegenwartsform von ihrer Schwester sprach, als sei diese noch am Leben. Ihre Augen trübten sich. »Na ja, wir waren eben Kinder«, sagte sie und verstummte.

Auf der anderen Seite des Spielplatzes wurden die Kinder langsam unruhig. »Diese ganze verdammte Geschichte«, stieß sie hervor und schüttelte den Kopf. »Dieser verdammte *Blödsinn* … die … allein schon die *Vorstellung*, dass irgendein gewiefter Anwalt versuchen könnte, Andy mit einer lächerlichen Behauptung da rauszupauken, Mary Beth hätte … hätte *Probleme* gehabt!«

Sie stand abrupt auf.

»Buchten Sie ihn ein«, sagte sie. »Sperren Sie den Dreckskerl lebenslänglich weg.« Katie setzte einmal mehr dazu an zu erklären, dass man für Totschlag höchstens eine Freiheitsstrafe von sieben Jahren fordern konnte. Doch Helen hatte sich bereits abgewandt, und rief mit überlauter Stimme: »Okay, dann wollen wir es mal *regnen* lassen!«

Der Antrag, den Katie an ihrem Computer tippte, hatte folgenden Wortlaut:

1. Ich bin Detective der Kriminalpolizei von River Close, Revier Raleigh Station, wo ich gegenwärtig in Sachen Totschlag an Mary Beth Newell ermittle.
2. Ich bin im Besitz von Informationen, die auf Tatsachen basieren, welche mir von Pater Brian McDowell, dem Pfarrer der Kirche Unsere Liebe Frau der Leiden, berichtet wurden. Demnach hatte Mrs. Newell ihn mehrfach aufgesucht, um »geistigen Beistand« für die Lösung persönlicher Probleme zu erbitten.
3. Ich bin im Besitz von Informationen, die auf Tatsachen basieren, welche mir von Mrs. Helen Pierce, der Schwester der Verstorbenen, berichtet wurden. Demnach führte die Tote ein abschließbares Tagebuch, welches sie in der obersten Schublade …

Also, jetzt mal langsam dachte sie. Sage ich hier wirklich die absolute Wahrheit? In einer eidesstattlichen Versicherung, die vor einem Richter beeidigt wird? Es stimmt, Helen Pierce hat mir erzählt, dass ihre Schwester *früher* als Kind ein Tagebuch hatte und dass sie es *damals* in der obersten Schublade ihrer Kommode aufbewahrt hat. Das hat Helen mir erzählt, Euer Ehren, das schwöre ich auf diesen Stapel Bibeln hier.

Aber sie hat auch gesagt, und ich zitiere wörtlich: »Ich würde sonst was darauf wetten, dass sie *immer noch* Tagebuch schreibt, Sie sollten sich wirklich mal umsehen«, das hat sie mir gesagt. Das waren ihre exakten Worte. In Anbetracht der Tatsache also, dass ich tatsächlich den brennenden Wunsch hege, Andrew Newell, den Dreckskerl, für sehr lange Zeit einzubuchten, glaube ich nicht, dass ich lüge oder auch nur die Wahrheit strapaziere, wenn ich sage, dass ich im Besitz von Informationen bin – die auf Fakten basieren, die mir ihre Schwester berichtet hat, Euer Ehren –, nach denen Mary Beth Newell ein persönliches, abgeschlossenes Tagebuch in der obersten Schublade ihrer Kommode aufbewahrt hat, wenn auch nicht unter den Socken.

Also, Euer Ehren …

Auf der Grundlage der vorhergehenden, verlässlichen Informationen und meiner eigenen Erkenntnisse besteht Grund zu der Annahme, dass Mrs. Newell ihrem Tagebuch Informationen anvertraut haben könnte, die ihren Geisteszustand zum Zeitpunkt des Unfalls betreffen. Diese Informationen wären hilfreich dabei festzustellen, ob Mrs. Newell in ausreichendem Maß beunruhigt oder geistesabwesend war, um fahrlässig gehandelt zu haben und eine Teilschuld an ihrem eigenen Ableben zu tragen.

Genau das ist es, was Newells Anwälte mit Freuden beweisen würden, und deshalb will ich auch dieses Tagebuch in die Finger kriegen, wenn es denn existiert, ehe die Verteidigung es zu fassen bekommt, Euer Ehren.

Aus diesem Gunde beantrage ich, dass das Gericht gemäß der beigefügten Vorlage einen Durchsuchungsbefehl erteilt, der zu einer Haussuchung des Apartments 4C in der Hanover Road, Nr. 1120 berechtigt, um ein Tagebuch sicherzustellen, welches sich im Besitz der Verstorbenen befunden hat.

Sie stellten das Apartment gründlich auf den Kopf und konnten kein verschlossenes Tagebuch finden, nicht in Mary Beth' oberster Schublade, noch irgendwo sonst. Stattdessen fanden sie einen Terminkalender.

Der offen und weithin sichtbar dalag, wie sie Alyce Hart später versicherten.

Was bedeutete, dass sie berechtigt waren, den Terminkalender als Beweismittel sicherzustellen, ohne dabei gegen die Vorgaben des Durchsuchungsbefehls zu verstoßen.

Aus dem Kalender ging hervor, dass Mary Beth Newell vom 21. August an jeden Mittwoch und jeden Samstag um zwei Uhr fünfzehn einen Termin mit jemandem vereinbart hatte, dessen Namen sie lediglich mit ›McD‹ angegeben hatte. Diese Termine waren bis zum Tag des Unfalls regelmäßig fortgeführt worden.

»Sogar noch länger«, sagte Katie. »Schau mal. Sie hatte für morgen wieder einen Termin eingetragen, und nächste Woche noch mal zwei. Also, wenn es dabei nicht darum ging, dass sie sich Hamburger von McDonalds geholt hat, glaube ich, wir können guten Gewissens davon ausgehen, dass ›McD‹ für McDowell steht. Und in diesem Falle ...«

»Schauen wir doch noch mal bei dem Mann vorbei«, schlug Carl vor.

Pater McDowell war allein in der kleinen Kapelle neben dem Seitenportal der Kirche; er war tief in ein stummes Gebet versunken, als sie die Kirche um drei Uhr nachmittags durch das Hauptportal betraten. Eine strahlende Nachmittagssonne ließ die Buntglasscheiben der hohen Bogenfenster aufleuchten und tränkte das Innere der Kirche in farbiges Licht. Sie erblickten den Priester sofort und warteten respektvoll, bis er das Kreuz schlug und sich erhob. Einen Moment lang verharrte er vor dem Altar und starrte das Kruzifix an, das darüber hing, als wäre er noch nicht ganz fertig mit seinem Herrn und Erlöser und füge seinem Gebet quasi noch ein Postskriptum hinzu. Dann schlug er erneut das Kreuz und schickte sich an, rückwärts zur Tür zum Kirchenschiff zu gehen. Er drehte sich um, sah sie sofort, warf ihnen, wohl in Erinnerung an ihren letzten Besuch, einen finsteren Blick zu und schien drauf und dran zu sein, in die Kirche zu fliehen, doch sie waren zu schnell an seiner Seite, er saß in der kleinen Kapelle fest.

»Ein paar Fragen, Pater«, sagte Katie rasch.

»Ich bin beschäftigt«, wehrte er ab.

»Wir auch«, erwiderte Carl.«

»Wir haben Mary Beth Newells Terminkalender«, erklärte Katie. »Daraus wird ersichtlich, dass sie Sie seit der dritten Augustwoche zweimal die Woche aufgesucht hat.«

Pater McDowell schwieg.

»Das hört sich für uns ziemlich ernst an«, meinte Carl. »Eine Frau geht zweimal die Woche den ganzen Weg hierher zu Fuß?«

»Was hatte sie auf dem Herzen, Pater?«

»Wir müssen es wissen.«

»Warum?«, fragte McDowell.

»Hat Andrew Newell gewusst, dass sie herkam?«

Ziemlich abrupt erschollen von der Orgelempore schwere, volltönende Klänge und fluteten durch die Kirche. Die herrliche Musik, das Sonnenlicht, das durch die Glasmalereien strömte, der Geruch nach Weihrauch, der irgendwo verbrannte, und das Flackern der Votivkerzen in ihren kleinen roten Gläsern auf dem Altar hinter McDowell, all das vermischte sich und verlieh der kleinen Kirche plötzlich Ähnlichkeit mit einer mittelalterlichen Kathedrale, wo gepanzerte Ritter ihre letzte Beichte ablegten, ehe sie in die Schlacht ritten.

»Warum ist sie zu Ihnen gekommen?«, fragte Katie.

»Warum hat sie sich nicht an ihre eigene Kirche gewandt?«, wollte Carl wissen.

»Helfen Sie uns, Pater«, bat Katie.

»Warum?«, fragte er erneut.

»Weil, wenn ihr Mann wusste, dass sie hierher kam, wenn er wusste, dass irgendetwas sie belastet hat ...«

»Dann könnte sein Anwalt versuchen zu behaupten, dass sie zum Zeitpunkt des Unfalls nicht ganz Herr ihrer Sinne gewesen wäre ...«

»... dass sie vor das Auto gelaufen sei, weil sie mit den Gedanken woanders war.«

»Oder noch schlimmer, dass sie es *absichtlich* getan hätte.«

»Sie war nicht lebensmüde, wenn Sie darauf hinauswollen«, sagte McDowell.

»Dann sagen Sie uns, *was* sie war.«

»Helfen Sie uns«, bat Katie noch einmal.

Der Priester seufzte schwer.

»Bitte«, drängte sie.

Er nickte vor sich hin, nickte noch einmal und ging ins Kirchenschiff hinüber, schritt den Mittelgang hinunter zu einer Kirchenbank in der sechsten Reihe vor dem Hauptaltar. Die Detectives nahmen rechts und links von ihm Platz. Während er sprach, hielt McDowell den Blick auf das Kruzifix über dem Altar gerichtet, als bäte er um Vergebung dafür, dass er jemandem gegenüber wortbrüchig wurde, der sich ihm unter dem Siegel der Verschwiegenheit anvertraut hatte. Die Klänge von der Orgelempore schwollen in üppigen Wogen an. McDowell sprach im Flüsterton, der die drückende Luft durchschnitt wie ein frisch geschliffenes Messer.

»Sie ist zu mir gekommen, weil sie den Verdacht hatte, ihr Mann hätte eine Affäre«, sagte er. »Es war ihr zu peinlich, damit zu ihrem Gemeindepriester zu gehen.«

Aber zweimal die Woche?, dachte Katie. Acht Wochen lang? Seit dem 21. August?

McDowells Schilderung zufolge ist sie zunächst unsicher, macht sich Vorwürfe, dass sie ein eifersüchtiges Weib ist, überlegt, ob ihre Zweifel vielleicht mehr damit zu tun haben, dass sie es nicht schafft, schwanger zu werden als mit dem, was sie für die Abwege hält, auf die ihr Mann geraten ist. Er will kein Baby, das weiß sie, er hat es ihr mehr als deutlich zu verstehen gegeben. Als die Wochen vergehen und sie mehr und mehr davon überzeugt ist, dass er sie betrügt, fragt sie sich laut und unter Tränen, ob vielleicht ihre unaufhörlichen Bemühungen, ihre verbissenen Versuche, ein Kind zu empfangen, ihr peinlich genaues Beharren darauf, sich dem Diktat des Kalenders und der Temperaturkurve zu beugen, das, was ein Akt der Lust hätte sein sollen, in eine schwere Last verwandelt hat, in eine unangenehme Pflicht, etwas Starres, Durchstrukturiertes, das ihn gezwungen hat, anderweitig Befriedigung zu suchen.

»Gegen Ende des Sommers war sie sich sicher, dass es eine andere Frau gab«, berichtete McDowell.

»Hat sie gesagt, wer es war?«

»Nein. Aber sie bekam es immer mehr mit der Angst zu tun.«

»Wieso?«

»Weil ihr jemand gefolgt ist.«

»Sie hat jemanden gesehen, der sie verfolgt hat?«

»Nein, wirklich *gesehen* hat sie niemanden. Aber sie hat eine fremde Gegenwart hinter sich gespürt, jemanden, der jeden ihrer Schritte beobachtet hat.«

»Eine fremde Gegenwart?« Carl zog skeptisch die Augenbrauen hoch.

»Ja«, erwiderte McDowell. »Hinter ihr. Jemand, der ihr gefolgt ist.«

»Gut!«, sagte Alyce an diesem Abend am Telefon. »Das lässt ihn nur noch mieser dastehen.«

»Glauben Sie, er war derjenige, der ihr gefolgt ist?«, fragte Katie.

»Entweder er oder sein Flittchen, ist doch egal. Die Frau versucht, schwanger zu werden, und ihr Mann vögelt in der Gegend herum. Soll die Verteidigung nur versuchen, sie als psychisch gestört hinzustellen, sollen sie nur! Das Problem war ihr *Mann*. Setzt sich total zugedröhnt ins Auto und verschuldet den Tod seiner unschuldigen Frau, die sich nach Kräften bemüht, eine Familie zu gründen, während er sich mit einer anderen amüsiert. Sieben Jahre? Die Geschworenen werden ihn *hängen* wollen.«

Katie hoffte, dass sie Recht hatte.

»Nageln wir ihn fest«, sagte Alyce. »Ich will einen ganz genauen Zeitplan des Unfallhergangs, Katie. Ich will wissen, wer gesehen hat, wie der Fahrschulwagen den Schulparkplatz verlassen hat, und um welche Zeit das genau war. Wer Andrew Newell um wie viel Uhr diese Cola verkauft hat. Wer Mary Beth Newell aus der Kirche hat kommen und zu ihrem Rendez-vous mit dem Tod gehen sehen, und um wie viel Uhr das war …«

Es hörte sich an, als hielte sie bereits ihr Schlussplädoyer vor den Geschworenen …

»… wer das Auto wann genau auf die Kreuzung Grove und Third hat zufahren sehen. Wer hat gesehen, wie das Auto die Frau angefahren hat? Um wie viel Uhr war das genau? Es dauert zwischen fünfzehn Minuten und einer halben Stunde, bis Seconal zu wirken anfängt. Okay, also beweisen wir den Geschworenen, dass er das Zeug auf dem Weg zur Kreuzung Grove und Third geschluckt hat und nicht im Stande war, den Tod seiner Frau zu verhindern! Beweisen wir, dass der betrügerische Dreckskerl sie *umgebracht* hat!«

Amen, dachte Katie.

Der Unfall hatte sich am Mittwochnachmittag um ungefähr drei Uhr zwanzig ereignet. Heute war Samstag, der 19. Oktober, elf Uhr vormittags, und der Drive-in war um diese Zeit fast leer; der Frühstücksansturm war vorbei, und die Lunchkunden waren noch nicht da.

Katie und Carl verlangten den Manager zu sprechen und wurden von einer Sechzehnjährigen in rotgelber Uniform davon in Kenntnis gesetzt, dass die Managerin gerade eine Trainingssession leite und erst in zehn oder fünfzehn Minuten verfügbar wäre. Carl wies sie an, der Managerin zu sagen, dass die Polizei hier sei. Sie bestellten Kaffee und Donuts und trugen sie in eine der Essnischen. Die Managerin tauchte ungefähr drei Minuten später auf.

Sie war etwa neunzehn oder zwanzig, schätzte Katie, eine hübsche kleine Schwarze mit einem Namensschild aus Plastik, das sie als JENNIE FEWES, MGR. auswies. Sie glitt neben Carl auf die Sitzbank in der Nische, blickte Katie über den Tisch hinweg an und erkundigte sich: »Was gibt es für ein Problem?«

»Gar keins«, antwortete Katie. »Wir versuchen nur, den genauen Zeitpunkt herauszufinden, an dem hier am Mittwochnachmittag eine Cola gekauft wurde.«

Jennie Fewes, Mgr., sah sie an.

»Das soll ein Witz sein, nicht wahr?«, fragte sie

»Nein, Miss, wir meinen es ernst«, entgegnete Carl.

»Wissen Sie, wie viele Colas hier jeden Tag über den Tresen gehen?«

»Es geht um eine Cola, die letzten Mittwoch so gegen drei Uhr über den Tresen gegangen ist«, erläuterte Katie.

»Würde es Ihnen was ausmachen, mir Ihre Dienstmarken zu zeigen, bitte?«, fragte Jennie.

Katie öffnete ihre Handtasche und fischte ihre Marke in dem Lederetui heraus. Carl hatte bereits seine Brieftasche aufgeklappt.

»Okay.« Jennie nickte. »War das Drive-in oder Tresen?«

»Drive-in«, antwortete Katie.

»Um drei Uhr müsste Henry am Drive-in-Fenster bedient haben. Ich hol ihn mal.«

Sie verließ die Nische und kam fünf Minuten später mit einem schlaksigen blonden Jungen zurück, der ziemlich verängstigt aussah.

»Setz dich, mein Junge«, forderte Carl ihn auf.

Der Junge setzte sich. Sechzehn oder siebzehn, schätzte Katie. Schmales, pickliges Gesicht, die blauen Augen vor Angst weit aufgerissen. Jetzt waren sie zu viert in der Nische; Jennie saß neben Carl, Henry zu Katies Linken.

»Vor drei Tagen«, begann Carl. »Ein blauer Ford Escort mit einem Fahrschulschild, erinnerst du dich?«

»Nein, Sir, tut mir Leid, bestimmt nicht«, stammelte Henry.

»Haben Sie keine Angst, Henry«, beruhigte Katie ihn. »Wir wollen Ihnen keinen Ärger machen.«

»Ich hab keine Angst, Ma'am«, erwiderte er.

»Blauer Ford Escort. Gelb-schwarze Fahrschulschilder an der vorderen und hinteren Stoßstange.«

»Ein blondes junges Mädchen am Steuer.«

»Sind hier so gegen drei vorgefahren und haben eine Cola bestellt.«

»Das war nicht am Fenster«, sagte Jennie plötzlich.

Alle sahen sie an.

»Wenn's das Mädchen war, das Sie meinen, dann

hab ich sie hier drinnen gesehen. Hübsches weißes Mädchen, blond, sechzehn oder siebzehn.«

»Sechzehn, ja. Braune Augen.«

»Auf ihre Augen hab ich nicht geachtet.«

»Der Mann, mit dem sie zusammen war, müsste älter gewesen sein.«

»Zweiunddreißig.«

»Da war kein Mann bei ihr, als ich sie gesehen hab.«

»Wann war das?«, wollte Katie wissen.

»So gegen drei, wie Sie gesagt haben. Sie kam aus der Damentoilette. Kam zum Tresen, um ihre Bestellung abzuholen.«

»Sie hat am Tresen eine Cola abgeholt?«

»*Zwei* hat sie abgeholt. Zwei Colas, Größe Medium.«

Sie fanden sie kurz nach zwölf in der Stadtbibliothek von River Close über ein dickes Buch mit farbigen Picasso-Drucken gebeugt. Der Tisch, an dem sie saß, war riesengroß und aus Eiche, mit Lampen, die unter grünen Schirmen hervor Lichtflecken auf die Platte warfen, über die ganze Länge des Tisches hinweg. Stille herrschte in dem Raum. Den Kopf gesenkt, sodass das blonde Haar über das offene Buch fiel, bemerkte Rebbeca sie erst, als sie schon fast vor ihr standen. Sie schnappte erschrocken nach Luft und fing sich sofort wieder.

»Hey, hallo«, sagte sie.

»Hallo Rebecca«, sagte Katie.

Carl nickte nur.

Die beiden Detectives setzten sich ihr gegenüber an den Tisch. Ein Lichtkegel fiel auf den unruhigen Picasso-Druck, auf Rebeccas blasse Hände auf dem aufgeschlagenen Buch und auf Carls dunklere Hände, die flach auf der Tischplatte lagen.

»Rebecca«, fragte Katie, »was ist mit dem zweiten Colabecher passiert?«

»Was?« Rebecca blinzelte.

»Sie haben zwei Colas gekauft«, meinte Carl. »Die Leute von der Spurensicherung haben nur einen leeren Becher im Auto gefunden. Was ist mit dem anderen passiert.«

»Ich nehme an, ich habe ihn weggeworfen«, erwiderte Rebecca.

»Es waren also zwei Becher, oder?«

»Ich glaube schon. Ja, wahrscheinlich.«

»Wieso haben Sie ihn weggeworfen?«, erkundigte sich Katie.

»Na ja ... weil ich ihn ausgetrunken hatte.«

»Rebecca ... der Becher, den Sie weggeworfen haben, war nicht Ihrer, nicht wahr?«

»Doch, es war meiner. Es tut mir Leid, ich weiß nicht, was Sie ...«

»Es war Mr. Newells Becher, nicht wahr?«

»Nein, ich weiß ganz genau ...«

»Der Becher, aus dem *er* getrunken hat, stimmt's?«

»Nein, der hat in dem Halter gesteckt. In dem Halter für Becher und Getränkedosen. In der Mittelkonsole. Tut mir Leid, aber ich kann Ihnen nicht folgen. Wenn Sie mir sagen könnten, wonach Sie suchen, dann kann ich Ihnen vielleicht helfen. Aber wenn Sie ...«

»Wo haben Sie den Becher hingeworfen?«, fragte Carl.

»Irgendwo auf ... auf die Straße, glaube ich. Ich weiß es wirklich nicht mehr.«

»Wo auf die Straße?«

»Ich weiß nicht mehr, wo genau es war. Ich hab einfach das Fenster aufgemacht und ihn rausgeschmissen.«

»War das irgendwo zwischen dem Drive-in und der Stelle, wo Sie Mrs. Newell angefahren haben?«

»Ich glaub schon.«

»Wir werden danach suchen«, meinte Carl.

»Wir werden ihn finden«, fügte Katie hinzu.

»Dann finden Sie ihn doch«, sagte Rebecca. »Was ist denn so wichtig an einem blöden *Colabecher?*«

»Der Bodensatz«, antwortete Katie.

Und plötzlich brach Rebecca in Tränen aus.

So wie sie es schildert ...

Das war, nachdem sie über ihre Rechte aufgeklärt

worden war und nachdem sowohl ihr Anwalt als auch ihr Vater sie gewarnt, sie beschworen hatten, keine Fragen zu beantworten.

Doch sie erzählte die Geschichte trotzdem.

Sie ist sechzehn, und deshalb muss sie es erzählen.

Die Videokamera surrt leise, als das zierliche blonde Mädchen mit den nassen braunen Augen der Kamera und ihrem Anwalt und ihrem Vater und der Bundesstaatsanwältin und den versammelten Polizisten erzählt, wie alles gekommen ist.

Sie hat sich wohl in Mr. Newell verliebt …

Sie redet von ihm nur als ›Mr. Newell‹. Sie nennt ihn nicht Andrew oder Andy, was seltsam ist, wenn man bedenkt, wie intim ihre Beziehung war. Doch er bleibt während ihrer ganzen Schilderung Mr. Newell. Mr. Newell und seine leidenschaftliche Liebe zur Kunst, die er seinen Schülern auf sehr persönliche Weise vermittelt. »Was siehst du? Was siehst du *jetzt?*«

Und oh, was sie sieht, ist dieser charmante, gebildete Mann, viel älter als sie, sicher, aber er wirkt so *jung*, er glüht vor Begeisterung und vor Wissen, der erfahrene Weltreisende, der in Italien und Frankreich studiert hat und jetzt in einem Kaff wie River Close festsitzt, mit einer Frau, die nur ans Kindermachen denken kann!

Sie erfährt erst davon, hört erst von der … na, sagen wir mal Zwangsvorstellung … seiner Frau, als sie Anfang August anfängt, bei ihm Fahrstunden zu nehmen. Sie sind jedes Mal fast zwei Stunden lang allein miteinander, zweimal die Woche, und sie fühlt sich mutig genug, um ihm alle ihre Träume und Sehnsüchte anzuvertrauen; sie empfindet es als Privileg, als er ihr von seinen Plänen erzählt, eines Tages nach Europa zurückzukehren, besonders nach Italien, wo das Licht weich und golden ist.

»Genau wie du, Rebecca«, sagt er eines Tages zu ihr und legt seine Hand auf ihr Knie und wagt es, sie zu küssen, wagt es, seine Hand unter ihren kurzen Rock zu schieben.

Es gibt Orte in River Close …

Es gibt Flüsse und Seen und verborgene Lichtungen, wo Wasserläufe in der heißen Sommersonne austrocknen, kein Regen, das Laub dicht an den Bäumen. Der kleine blaue Ford Escort ist vor neugierigen Blicken geschützt, während Mr. Newell ihr einen Unterricht ganz anderer Art zuteil werden lässt. Rebecca mit weit geöffneten Beinen unter ihm auf dem Rücksitz. Mr. Newell flüstert Worte der Ermunterung und der Zärtlichkeit, während er sie nimmt, immer wieder, zweimal die Woche. Rebecca ist halb von Sinnen vor Erregung und hemmungslos verliebt.

Als sie eines Tages, so um Mitte September herum, vorschlägt …

Sie befinden sich auf einer ausgedörrten kleinen Lichtung, wenn es nur regnen würde, die Stadt hat Regen so bitter nötig. Sie trägt ihr Höschen nicht mehr, sitzt auf dem Rücksitz; sie haben sich bereits geliebt und sie fühlt sich erhitzt und mutig. Er sagt ihr, dass er sie anbetet, sie vergöttert, küsst sie erneut, nennt sie seine blonde Prinzessin, seine kleine blonde Prinzessin. Ich liebe dich, ich liebe dich, er küsst sie überall, überall …

»Dann verlass doch deine Frau und heirate mich«, schlägt sie vor. »Nimm mich mit nach Italien.«

»Nein, nein«, sagt er. »Das geht nicht.«

»Wieso denn nicht?«, fragt sie. »Du liebst mich doch, oder?«

»Ich bete dich an«, erwidert er.

»Dann heirate mich«, beharrt sie.

»Das kann ich nicht«, wehrt er ab.

»Wieso nicht?«, fragt sie noch einmal.

»Ich bin schon verheiratet«, sagt er.

Auf seinem Gesicht liegt ein Lächeln, als er seinen kleinen Scherz macht – ich bin schon verheiratet –, der der kleinen Schülerin, die dumm genug war, sich in den weltgewandten Kunstlehrer zu verlieben, alles erklären soll.

Wie hatte sie nur so *blöd* sein können?

Was siehst du, Rebecca?

Was siehst du *jetzt?*

Sie sieht vor sich, wie sie sie tötet.

Mr. Andrew Newells geliebte Frau Mary Beth.

»Erst konnte ich ihr nur samstags folgen. Ich gehe ja noch zur Schule, wissen Sie. Aber ich musste eine Möglichkeit finden, sie mit dem *Auto* umzubringen, damit man ihm die Schuld geben würde. Ich bin im Theoriekurs für die Fahrschule, daher weiß ich, dass der Fahrlehrer für jeden Unfall verantwortlich ist. Deshalb wollte ich, dass er zusammen mit mir im Wagen ist, damit er die Schuld kriegt. So würde er wegen Mordes angeklagt werden und lebenslänglich kriegen.

Aber ich musste genau wissen, wo sie an den Tagen, an denen ich Fahrstunde hatte, sein würde, mittwochs und freitags. Also bin ich den einen Mittwoch zu Hause geblieben und bin ihr gefolgt. Sie ist wieder zu der Kirche gegangen, zu der gleichen wie am Samstag. Und in der Woche darauf bin ich freitags zu Hause geblieben und ihr gefolgt, aber da hat sie nur Besorgungen gemacht und so, und es wäre zu schwierig gewesen, es so zu planen, dass sich unsere Wege kreuzen würden. Ihr Weg und der des Autos, meine ich. Während einer Fahrstunde. Am Mittwoch. Es musste mittwochs sein, weil sie da immer in die Kirche gegangen ist, verstehen Sie.

Ich bin im Theoriekurs, ich weiß alles über Alkohol

am Steuer, und ich hab mir gedacht, Mr. Newell könnte nur dann die Schuld an dem Unfall kriegen, wenn ich ihn betrunken machen könnte. Aber er hat keinen Alkohol getrunken. Ich hab mal eine Flasche Wein mitgebracht, ich glaube, es war das zweite Mal, dass wir miteinander geschlafen haben. Ich wollte ihm zeigen, wie erwachsen ich bin, also hab ich eine Flasche sehr teuren Chardonnay gekauft, hat zweiundzwanzig Dollar gekostet. Aber er wollte nichts davon, er hat gesagt, er trinkt keinen Alkohol. Das war, als ich noch gedacht habe, er liebt mich. Das war, bevor ich kapiert habe, dass er sich über mich lustig gemacht hat.

In der Bibliothek von meinem Vater stehen jede Menge Medizinbücher – er ist Arzt, wissen Sie –, über Pharmakologie und Toxikologie, alles, was ich brauchte. Ich hab angefangen, in den Büchern nachzuschlagen, um etwas zu finden, was ich Mr. Newell eingeben könnte, damit es *so aussieht*, als wäre er betrunken, wenn ich sie überfahre. Damit es so aussieht, als wäre er schuld daran. Die Barbiturate haben alle ausgesehen, als wären sie das Richtige. An einem Abend habe ich in der Tasche von meinem Vater gekramt und ein paar Seconalkapseln gefunden, und ich dachte, die nehme ich. Ich hab zwei große rote Kapseln in seine Cola getan, ehe ich sie zum Wagen gebracht habe. Zweihundert Milligramm. Ich dachte, das müsste reichen. Der Rest war einfach.«

»Hatten Sie die Absicht, sie zu töten?«, fragte Alyce.

»Oh, ja.«

»Warum?«

»Weil er sich über mich lustig gemacht hat. Er hat sie geliebt, verstehen Sie, sonst hätte er sie verlassen und mich geheiratet. Ich hab's getan, um es ihm heimzuzahlen. Wenn es so geklappt hätte, wie ich wollte, hätte er lebenslänglich gekriegt.«

»Wissen Sie, was die Höchststrafe für Totschlag ist?«, fragte Katie.

»Ja«, antwortete sie sofort. »Lebenslänglich. Totschlag ist Mord.«

»Sieben Jahre, Rebecca.«

Rebecca sah sie an.

»Die Höchststrafe sind sieben Jahre.«

Absolutes Schweigen breitete sich im Raum aus.

»Das wusste ich nicht«, sagte Rebecca.

»Nun, jetzt wissen Sie's«, meinte Alyce.

Ungefähr um diese Zeit begann es zu regnen.

Als sie durch den Regen nach Hause fuhr, dachte Katie, wie verdammt traurig es doch war, dass ein so intelligentes, hübsches Mädchen wie Rebecca den tragischen Fehler gemacht hatte, in einer Zeit, in der Gelübde nichts mehr bedeuteten, an Liebe und Romantik zu glauben.

Sechzehn Jahre alt, dachte sie. Erst sechzehn.

Ich liebe jemand anderen, Katie.

Ich verlasse dich.

Ironie, dachte sie und wischte heiße Tränen weg, die ihr plötzlich in die Augen stiegen.

»Genug«, sagte sie laut.

Und fuhr wild entschlossen mitten in den Sturm hinein, der sich vor ihr zusammenbraute.